卒業

君がくれた言葉

宇山佳佑　加賀美真也
稲井田そう　蒼山皆水　雨

STARTS
スターツ出版株式会社

目次

卒業　君がくれた言葉

君のいない教室

蒼山皆水

君がいてくれたから、苦しい日々も乗り越えられた。
そんな君に、最後に伝えたいことがあるんだ。

屋上で、空を見上げていた。

爽《さわ》やかな風が吹き抜けて、心地よさが胸に広がる。

青に染まった空の果《は》てしなさが、なんだか自分の存在を肯定してくれているようで、心が落ち着いていく。

だけど、すぐにまたザラザラとした感触がやってくる。

君のことを考えるたびに、どうしようもなく苦しくなってしまう。

君のいない教室に、今日も耐《た》えられなくて――。

*

私――君塚双葉《きみづかふたば》は開式の辞を聞きながら、体育館の天井にはさまったバレーボールを眺《なが》めていた。

……やっぱり退屈だな。

壁には紅と白の幕が隙間《すきま》なく張られていて、生徒たちの胸元には、小さな花が咲いている。

今日は、私の通っていた高校の卒業式だった。

約三年前に入学した、憧れの高校。

あれからもう、三年も経《た》つのか……。

長いようであっという間の高校生活だった。


中学二年生の夏休みに行った学校見学で、私はこの高校に惹《ひ》かれた。

制服が可愛《かわい》くて、校風も自由。校舎は綺麗《きれい》だし、イベントも多い。

とにかく、まだ中学生だった私の目には、すべてが輝いて見えた。

どうしても、この高校に入りたいと思った。

自分の意思で大きな決断をしたのは、もしかすると初めてだったかもしれない。

最初は偏差値が足りず、くじけそうにもなったけれど、両親に頼み込んで塾にも通わせてもらい、どうにかギリギリで合格をつかみ取った。

直前の模試でも、判定は決して良くなかった。本当にギリギリだった。よく合格したな、と今でも思うくらいに。

高校入試本番の日は、たぶん人生で最も緊張していた。

詰め込んだ知識が、手を離した風船みたいに、どんどん遠くに飛んでいってしまうような気がして、早く試験が始まってほしいと願いながら、開いた英単語帳に載っている単語をじーっと眺めていた。

そんな中で、一つだけ印象に残っていることがある。

最初の科目が始まる少し前、隣の人に突然話しかけられたのだ。

「あの……すみません」

「は、はいっ！」

思わず背筋を伸ばして、私はいい返事をする。

「消しゴムって、余分に持ってたりしません？」

緊張感のかけらもない、朗《ほが》らかな声だった。

素直に答えるとすれば、持っていない、となる。でも、きっとこの人は、私が消しゴムを余分に持っているかどうかを知りたいわけではない。

「えっと、持ってないです……けど――」

そう答えつつ、色々な考えが頭の中をめぐる。

おそらく、この人は消しゴムを忘れてしまったのだろう。私が同じ立場だったら気《き》絶《ぜっ》しているかもしれない。なんとかしてあげたい。でも、消しゴムは一つしかない。鉛筆なら予備のものも多めにあるのに……。

「これでよければ」

私は持っていた消しゴムを半分に折って差し出す。半《なか》ば反射的にとった行動だった。

「わ、いいんですか？　ありがとうございます！」

いやホント筆箱から消しゴム出てこなかったときはマジ焦《あせ》ったわ〜でも助かった〜

と、まったく焦った様子に見えないその人は、隣の席に再び座った。

おかげで、私もだいぶ緊張がほぐれた。

今思えば、私が合格できたのは、その人のおかげかもしれない。

無事に合格した私は、高校生活に対して、ワクワクするのと同時に不安を抱いてもいた。

高校は地元から少し離れていて、通学には一時間以上かかる。同じ中学校から進学する人は、私以外にいなかった。合格者向けに配られた資料には、まだ中学三年生の私ですら知っている大学名が並ぶ、立派な進学実績が載せられていた。

友達はできるだろうか。

勉強についていけるだろうか。

そんな懸念《けねん》があった。

だけど、せっかく入学できるのだから、弱気になっていてはダメだと言い聞かせた。

せめて授業にはついていけるように頑張《がんば》ろう。クラスメイトに積極的に話しかけてみよう。一度しかない高校生活なのだから、たくさん遊びたい。帰りに友達とカフェに行ったり、カラオケをしたり。

アルバイトもちょっとやってみたいな。コンビニは色々とやることがあって大変そうだから、ファミレスあたりがいいかも。でも、ファミレスも大変か……。

そうだ、恋だってしてみたい。

話しているうちに仲良くなった男の子と、夏休みに海や花火大会に行ったりなんかして……。

もしかしたら、彼氏ができちゃうかもしれない。

そんなふうに、前向きな気持ちで入学したはずだったのに……。

どうして――。

どうして、こんなことになってしまったのだろう。

この一年間は、そんな明るい高校生活からは程遠いものだった。

ぼんやりしていたら、開会の辞は終わっていた。

国歌斉唱が始まっている。

私は特に歌うことも、口を開くこともせず、ただ流れに身を任せるようにそこにいた。

どうせ、卒業式に出ても意味なんてないのに。

つい、そんなことを考えてしまう。

名前も知らなければ、肩書きもよくわからない、来賓《らいひん》たちの言葉。

「まだ若い皆さんは、無限の可能性に満ちています」

「どうか、明るい未来に向かって羽ばたいていってください」

何が、無限の可能性だ。

何が、明るい未来だ。

無責任な言葉に、私は腹を立てる。それが、どうしようもなく自分勝手な感情だとわかっていたけれど。

……やっぱり、卒業式なんて出なきゃよかった。

卒業証書の授与《じゅよ》が行われた。

それぞれのクラスの担任が、全員の名前を呼んで、代表の一人だけが卒業証書をもらいに壇上に上がる。

中学のときは、これを一人ずつやってたっけ。高校の卒業式は楽でいいな。

そんなことを考えていた私は、担任の先生のひと言にハッとさせられた。

「――――――――」

予想外のサプライズに、心が揺さぶられる。

上手《うま》く言えないけれど、なんだか、変な感じだった。

くすぐったさとも気恥ずかしさともちょっと違う。

嬉《うれ》しいわけでもないし、悲しいわけでもない。

静かだった水面《みなも》に、何かが触れたような感覚。

波紋が広がっていって、自分の感情がわからなくなる。

知っているはずの場所で迷子になってしまったみたいだった。

仰げば尊《とうと》しの斉唱が終わったあたりで、周りからすすり泣きが聞こえてきた。

泣いているのは主に女子だったけど、男子にも目を潤《うる》ませている人がいる。

あ、この人って意外と涙もろいんだな、なんて、卒業式なのに新しい発見があったりした。

私の目から、涙はこぼれてこなかった。

他の卒業生たちと感情を共有できないことが切なくて、胸が痛む。

みんなとは別の場所にいるような気がしてくる。

むしろ、それが原因で涙が出そうになった。

すすり泣きは伝染《でんせん》していく。

どうして、今泣くのだろう。

卒業することも、仲のいい友達と離ればなれになることも、ずっと前からわかっていたはずではないのか。

でもきっと、そういうことではない。

卒業式というのは、それを改めて実感して、いい三年間だったと振り返る時間であり、これからも頑張ろうと決意する時間なのだ。

今の私は、一歩引いて式を見ているからそう思えるのであって、ちょっと何かが違っていれば、私も泣いていただろう。

つまり、卒業式というのは、区切りをつけるためのものなのかもしれない。

そんなことを考えながら、感動している卒業生たちの姿を、私は他人事《ひとごと》のように眺める。

そしてもし、卒業式が区切りをつけるためのものなのだとしたら――。

私も、区切りをつけなければならない。

「……よし」

小さく呟《つぶや》くと、ほんのちょっとだけ前向きになれた気がした。

閉会の辞。

卒業式も、もう終盤に差しかかる。

さっきよりも、この場所に溶け込めているように思えてきた。

ただ黙って立ったり座ったりしているだけの行事に、なんの意味があるのだろうか。

式が始まる前は、そんな投げやりな気持ちだったし、ついさっきは、出なきゃよかったとすら思っていたのに……。

今では少し、卒業式という行事の意味を、実感することができたかもしれない。

式は無事に終わり、最後の一年間を過ごした教室にたどり着く。といっても、教室にいない時間も多かったのだけれど。

とても特別な一年間だった。いい意味でも、悪い意味でも。どちらかというと、悪い意味の比重が大きいかもしれない。

それでも——もうこの教室に来ることはなくなるのだと思うと、なんだか感慨《かんがい》深い。

「卒業、おめでとう。名前呼ぶから取りに来いよー」

担任の先生が教壇に立って、生徒たちに卒業証書を渡していく。

そんなテストの返却みたいな渡し方でいいのか、と思うが、彼らしいといえば彼らしい。

授業中にあまり生徒たちを叱《しか》ることのない若い男性で、その緩《ゆる》さのおかげか、そこそこ人気がある。みんなの言葉を借りるとすると〝当たり〟の教師だ。

今日は、いつものくたびれたジャージ姿ではなく、スーツをしっかり着こなしていた。

改めて、卒業式の特別さを感じる。

卒業証書をもらったクラスメイトは、各々、仲の良い人と話し始めた。

至るところでスマホのシャッター音が響いている。

なるべく写らないように、私は教室の隅に移動した。

どこかふわふわしたような、しっとりしたような、卒業の日特有の空気が教室にはあった。

その空気の中に、私は入れない。

同じ場所にいるはずなのに、弾《はじ》き出されてしまったような疎外《そがい》感を覚える。

胸の奥がギュっと絞《しぼ》られたように痛んだ。

クラスメイトたちの喋《しゃべ》る声が、遠くなったように感じる。

悲しそうだけど楽しそうなみんなの姿を見ているのが、どうしようもなくつらくなってきて。

今の私が唯一、近くに感じることのできる人——北川輝《きたがわひかる》の姿を探す。

しかし、教室に彼の姿はなかった。

授業も行事も、平気でサボる問題児だ。卒業式もサボったのだろう。

私はクラスメイトや先生とひと言も言葉を交わすことなく、彼がいるであろう屋上にかけ上がった。


校舎の屋上に出る。

三月の空気はまだ冷たく、空から降り注《そそ》ぐ陽射《ひざ》しが心地よい。

「お。君塚、お疲れ～」

定位置に寝転がっていた彼が、私に気づいて手をふる。

気の抜けた声に、安心感を覚えた。

「北川くん、卒業式、出なかったでしょ」

怒ったような声色を作りながら、彼の隣に座る。ここが私の特等席だ。

「うん」

彼はひるむことなく、爽やかに答えて起き上がった。

それが何か？というような表情だ。

どうしてそんなに堂々としていられるのだろう。

「私に卒業式出ろって言っておいて、北川くんは出ないなんてひどくない？」

「別に、俺は出るとは言ってないし」

「それはそうだけど……」

彼の言い分に、なぜか私の方が引き下がりそうになる。

……いや、私はおかしくない。このクレームは適切なものだ。

彼と話していると、いつも彼のペースになってしまう。

「それに、出てよかったんじゃない？　なんか清々《すがすが》しい顔してるよ」

北川くんは悪びれもせず笑う。

清々しい顔って……そんなにわかりやすかっただろうか。

「……まあ、悪くはなかったかな」

なんだか本当にムカついてきて、私は頰《ほお》をふくらませる。

うん、悪くはなかった。悔しいから、よかったとまでは言わないけど。

正直、卒業式なんてどうでもよかった。むしろ出たくもなかった。

だって、三年間に味わった楽しい思い出を抱えて、未来に希望を抱いて卒業していくみんなの姿を見たくなかった。そんなの、私が惨《みじ》めになるだけで。

だから、昨日まで出ないつもりだったのに。

昨日の放課後、北川くんに「出ときなよ。高校の卒業式って、一生に一回しかないんだから」なんて言われて、たしかにそうだよね、じゃあ出てみようかな……となり、結局そのまま卒業式に出た。

まさか、そんなことを言った本人が出ないなんて思っていなかった。

最初の方はつまらなくて、途中からは苦痛すら覚えて、やっぱり出なければよかった……と後悔していたけれど、予想外のサプライズもあって、色々なことを考えてしまって、結局私も、みんなと同じように感傷《かんしょう》に浸《ひた》っていた。

雰囲気《ふんいき》に流されやすいところは、昔から変わっていなかった。

とはいえ、周囲と空気感を共有できたように感じていたのは、みんなが静かにしている卒業式の間だけで――。

先ほど、教室で感じた疎外感を思い出す。

「でも……」

「でも、何?」

卒業式を終えて教室に戻ったクラスメイトたちは、やっぱり私には目もくれず、最後の日をできる限り濃くしようと、それぞれ交流に励《はげ》んでいた。

女子たちは、お互いの卒業アルバムの寄せ書き欄《らん》にメッセージを書き合っていた。仲の良かった友達同士で写真を撮ったり、実は片想《かたおも》いしていた男子にツーショットの撮影をお願いしたりしている子もいた。

みんな、泣きそうになりながらも、とても楽しそうな顔をしていた。青春をやり切ったぞ、というような爽やかさがあった。

うらやましかった。

昔は私と仲のよかった友達も、同じようにクラスメイトたちとの別れを惜しんでいた。私の方なんて、まったく見向きもせずに。

「私もみんなと一緒に、写真撮ったり、卒業アルバムの寄せ書きとか書き合ったりしたかったなーって」

「あー、あれね。よくやってるけどさ、あんなのどうせ見返すことなんてないでしょ」

北川くんがぴしゃりと言った。教室でその発言をしたら、女子たちからブーイングの嵐が降り注ぐと思う。

「男子と女子は違うんですー」

「じゃあ君塚は、中学の卒業アルバムの寄せ書きとか、中学のときの写真、高校に入ってから見返したことある？」

「うぐっ……」

一回も見返したことのない私は、まったく反論できなかった。

「あはは。ごめん、意地悪しちゃった」

「いいよ。事実だし」

私はそっぽを向く。

言われてみればたしかに、中学のときの記憶はおぼろげになりつつある。

中学のときは、普通に楽しい学校生活を送っていたはずだし、卒業からまだ三年しか経っていないのに……。同級生の名前をどれだけ挙げられるだろう。一年生のときの担任の先生って、誰だったっけ。

なんだか空虚な気持ちが押し寄せてきた。

三年後、みんなはこの高校で過ごした日々を、どのくらい覚えていられるのだろう。

「拗《す》ねないでよ」

北川くんは私の沈黙の原因を、論破されて拗ねているからだと勘違いしたようだ。

「別に、拗ねてないし」

「じゃあなんでそんな顔してるの？」

北川くんは、私の顔を覗《のぞ》き込むように見てくる。

近い！

「高校のことなんて、大人になったらみんな覚えてないんだろうなぁ……って思ったら、なんか虚《むな》しくなっちゃって」

座りながらちょっとだけ後退して、私は答える。

「ふーん」

興味のなさそうな返事が、どこか心地いい。

「大人って、高校生のときのこと、どれくらい覚えてるんだろうね」

「さぁ。ほとんど忘れちゃってると思うよ。でも、インパクトがあることだったら覚えてられるんじゃない？」

「インパクトかぁ……」

そう聞いて、約一年前の、ある出来事のことが思い浮かんだ。

あれだったら、みんなが大人になってからも覚えていると思う。まあまあ、いや、相当インパクトもあったはずだし。

だからあの出来事の中心である私も、みんなの記憶の中に強く残ることになるのではないか。

でも、それだと残念ながら悪い方向性で残ってしまうことになる。

それはちょっと寂しいな。

一年前、ある出来事が起きてから、私は教室で、みんなに無視されるようになった。

誰も私と目を合わせようとしないし、誰も私と口を利こうとしない。

新学期早々、地獄のような日々が始まったのだ。

けれど、原因は私にある。クラスメイトたちは、何一つ悪くない。

それはわかっているけれど、どうしようもなく悲しかった。

新しい人間関係が構築されていく様子を、私は恨《うら》めしい気持ちで眺めていた。

みんなにも、このつらさを味わってほしかった。私と同じ状態になってしまえばいいと思った。そんな醜《みにく》い考えを持ってしまう自分が嫌になる。悪循環《あくじゅんかん》だ。

でも——私はたしかにここにいるはずなのだ。

いるはずなのに、いないものとして扱われるのは、とてもきつかった。

腫《は》れ物に触るように、数人で私の話をしているのを聞いてしまったことも、何回もある。

私はしばらく、誰とも会話をしない日々を過ごしていた。

もう学校に来なくてもいいかな、なんて思うようになるには十分だった。

それでも毎日学校に行っていたのは、私なりの意地だった。

楽しい学校生活にしたい。そう思って、この高校に入学した。

だからせめて、卒業の日まで通い続けてやろうと思った。

それでも、きついものはきつい。

一年のときの私は、陰で真面目《まじめ》ちゃんなんて呼ばれていた。もちろん、誉《ほ》め言葉としてではなく。

三年間しかない高校生活を、せっかくなら全力で楽しもうと思っていた。

勉強も行事も頑張ろうと、まあまあ、いや、かなり張り切っていた。張り切っていたけれど、それだけだ。何か大きな結果を出したわけでも、強いカリスマ性があったわけでもない。ひと言でいえば、空回りしていた。

人によっては、私の存在は目についたのだろう。

直接いじめられたりすることはなかったけれど、陰口を言われていたのはなんとなくわかっていた。

もう少し周りに合わせた方がいいかもなぁ……とは思っていた。でも、自分に嘘《うそ》をつくのは嫌だったので、言動は曲げなかった。

二年生になってから、私のキャラクターは受け入れられつつあった。

クラスが新しくなり、環境が変わったというのもあるだろうし、私も、立ち振る舞いが多少は上手くなった。

それなりに友達もできて、普通の高校生が送るような楽しい生活を送っていた。

今の私と違って、二年までの私は、どこにでもいるような、ちょっと頑張り屋の普通の高校生だった。

目立つ容姿《ようし》をしているわけでもないし、大きなトラブルを起こすこともなかった。

だからこのまま、三年生になっても楽しく過ごせるのだと、信じて疑わなかった。

それなのに、私はこの教室で、苦しい日々を耐え忍ぶことになってしまった。

どうして、こんなことになってしまったのだろう……。

悲しみに暮れていた私の心に一筋《ひとすじ》の光が差したのは、私が教室で孤独になってから二週間が経った、四月のある日のことだった。

その日の私は、どうしようもなくつらくなって、屋上でぼんやりしていた。

「泣いてんの?」

声をかけてきたのは、私の隣の席の、問題児の男の子だった。

びっくりして、心臓が止まるかと思った。止まるわけないけど。

「えっと、北川くん?」

「そうだよー。北川だよ」

北川輝。

一年生のときから有名人だった彼とは、三年生で初めて同じクラスになった。

髪を茶色に染めていて、制服を着崩している。校則なんてないようなものとはいえ、基本的に真面目な生徒が多いうちの高校には珍しいタイプだ。

喧嘩《けんか》をしていたりとか、悪い人たちとつるんでいたりとか、そういう感じでもない。人に迷惑をかけているわけではなく、ただサボり魔なだけ。

この学校ではちょっと浮いてしまっているけれど、悪い人ではない……と、そのときは思っていたし、それは間違っていなかったと今ならわかる。

「北川くんは、こんなところで何してるの？」

それ以外に聞くべきことがあったのに、驚きからか、そんな質問しか出てこなかった。

「何もしてない」

今は授業中のはずで、勉強していないといけないはずなのに、胸を張って何もしていないと宣言する彼の姿が、なんだかおかしくて、つい笑いそうになってしまった。

彼のサボりはとても計画的だ……というのを、教師たちが愚痴《ぐち》っていたことを思い出す。どうやら、出席日数がギリギリで足りるようにサボっているらしい。

その上、成績は決して悪くなく、模試で上位に入ったこともあるらしいから、たちが悪い。そういう理由もあって、教師たちも彼を放置している。

「で、なんで泣いてたの？」

効率的なサボり魔こと北川くんは、改めて私に問いかける。

けど、教えるまでもない。彼も、なんとなく察《さっ》しはついているはずだ。

「泣いてないよ」

「俺には泣いてたように見えたけど」

もしかすると、私は泣いていたのかもしれない、なんて思ってしまった。

泣いていないとしても、泣きたいのは事実だった。

「……北川くんも、わかってるでしょ」

あの出来事の詳細は、とっくに学校中に広まっていて、あまり教室にいない北川くんも知っているはずだから。

「まあ、そうだよね。なんていえばいいのかわからないけど……大変だったね」

眉を下げて、困ったように微笑《ほほえ》みながら彼は言った。

その優しさに、胸の奥から温かいものがじわりとこみあげてくる。

……サボり魔のくせに。

「大変なんてもんじゃないよ。誰も話しかけてくれなくなって、話そうとしても、無視されて。ずっと、このままなのかと思ってた」

だから、北川くんが話しかけてくれて、びっくりしたのと同時に、とても嬉しかったのだ。そんなことに、今更気づく。

「そういうときは、今日みたいに屋上に来ればいいと思うよ」

愚痴みたくなってしまった私の言葉に、北川くんは嫌な顔一つせず、そんなアドバイスをくれた。

「なんで？」

「ほら、見て」

彼は空を指さす。

私の視線が彼の指先を追う。

青空が広がっていた。太陽は眩《まぶ》しく、薄い雲がふわふわと浮かんでいて、まるでお手本みたいな、綺麗な青空だった。

「ね？」

北川くんはこっちを見て、にっこりと笑う。本当に『にっこり』という擬音《ぎおん》が聞こえてくるんじゃないかって思った。

ところで、ね、ってなんだ？

「えっと……うし？」

「とら！　って、干支《えと》の山手線ゲームじゃないよ」

楽しそうに笑いながらツッコミを入れると、北川くんは再び空を見上げた。

「空、青くない？」

「青いけど……」

「心が安らがない？」

「んー、わかんないや。でも、なんかいいかも」

それから私たちはひと言も発さずに、空を見上げていた。

この感覚は上手く言葉にできないけれど、プラスかマイナスかでいえばたぶんプラスだ。

それが青い空のおかげなのか、隣の男の子のおかげなのかはわからなかった。

それから私は、たまに授業を抜け出して屋上でサボるようになった。

真面目だった二年生までの自分からは想像もできないことだ。

私がサボるときは、だいたい北川くんもサボっていた。

私がサボっていないときも、北川くんはよくサボっている。

そんな問題児と私は、屋上で話をする仲になった。

北川くんとの遭遇《そうぐう》は、二日連続のときもあれば、一週間以上空くときもあった。

私たちは色々な話をした。


本格的に暑くなってきた六月のある日。

「あれ、北川くん。今日のご飯、なんか少ないね」

「ダイエット中なんだよね。ちょっと太っちゃって」

「運動してないからじゃない？　体育くらいはちゃんと出たら？」

「正論だね。君塚も一緒にする？　ダイエット」

「残念ながら、私には必要ありませーん」

「あはは。だよね。めっちゃ軽そうだし」

秋が深まって、木々も色づき始めた十月のある日。

「修学旅行、行かなかったの？」

「だって、行っても楽しくないし。クラスのみんなだって困るでしょ、私がいたら」

「そうかもね」

「そこは嘘でもそんなことないよって言ってほしかったけどなぁ」

「俺は正直者だから」

「はいはい。でも、北川くんは行ったんでしょ？」

「一応ね。部屋でずっとごろごろしてたけど」

「北川くんらしいね」

「褒《ほ》めていただき光栄です」

「褒めてないし」

受験が近づいてきて、学校全体に緊張感が漂《ただよ》う十二月のある日。

「明日、卒アルの写真撮影だって。さすがに行くよね？」

「ん〜、どうしよっかな。君塚が行くなら」

「じゃあ私は北川くんが行くなら」

「あはは、なんだそれ。じゃあ二人でサボるか」

「それもアリだね」

「……君塚、ずいぶん変わったよね」

「そう？」

「うん。なんか、たくましくなった」

「そりゃどうも」


積もった雪に反射する日光が眩しい、一月のある日。


「そういえば、受験勉強はどうなの？　順調？」

「ん〜、まあまあかな。たぶん受かると思うけど」

「こんなにサボってるのに？」

「ほら、他に友達がいないから、暇《ひま》なんだ」

「反応しづら……」

「孤独っていいよね。煩《わずら》わしい人間関係のことなんて、考えなくて済むんだから。一生このまま、独りで生きていきたい……」

「はいはい、わかったわかった」

「ちょ、対応が雑！」

私の話し相手は、北川くんだけだった。しかも、屋上限定で。

教室では、お互いに知らないふりをしている。

せっかく隣の席だったのになぁ……とは思うけど、仕方がない。

だって、私と北川くんが話していたら、クラスメイトたちからどんな目で見られるかわからない。

それを気にしているのは、北川くんではなく、私の方だ。そして北川くんも、私が気にしていることを理解して、話しかけずにいてくれている。

そもそも、北川くんはあまり教室にいない。

たまに目は合うけれど、黙って逸《そ》らす。そのたびに、切なさがゆらめく。

教室で話すという普通のことすら、私たちにはできないのだ。

「こうして二人で過ごすのも、今日で終わりなんだよね」

「俺たち、卒業するからな」

「『たち』……？」

「ん、文句ある？」

別に、文句はないけど……。

「北川くん、卒業式出てないくせに」

「俺はいいんだよ。出なくて」

その声が、切なげに響いた。

「北川くんも出ればよかったのに」

「出たくないとか言ってた人とは思えない発言だね」

「出たら出たで、なんとなくすっきりしたんだよね。あ、みんな大人になるんだ、ここでひと区切りなんだ、って」

「たしかに。高校生じゃなくなったら、できること増えるもんなー。成人だし」

遠くの大学に進学して一人暮らしをする人もいるし、車の免許を取るために教習所の申し込みをしている人もいる。

成人は十八歳、お酒とたばこは二十歳からで人それぞれだけど、本当の意味で大人になるのは、高校を卒業したタイミングなのかもしれない。

「どうせなら、俺の分の卒業証書、もらってきてほしかった」

「何？」

「あ」

「それにしても、なんかあっけない三年間だった気がする」

「無茶言わないでよ」

北川くんはごろんと屋上に寝転んで空を見上げた。

「そう？　私は楽しかったよ」

そんな単純なひと言で、この三年間を言い表すことはできないけれど、北川くんと過ごした時間が楽しかったのは事実だ。

「……強いな、君塚は」

そんなことない。

だって、楽しかったのは北川くんがいてくれたからだ。

本当なら、この一年間はまったく楽しくなんてない学校生活になるはずだった。楽しかったなんて、嘘でも言えないくらいに悲惨《ひさん》な一年になっていたと思う。

そうならなかったのは、北川くんのおかげなのだが、彼はそのことに気づいていないようだった。気づいているけど、気づいていないふりをしているだけかもしれない。

彼が意外と照れ屋なことを、私はもう知っている。

北川くんのおかげで楽しかったなんて、わざわざこちらから言うのも恥ずかしいので、別の言葉に変換して伝える。

「北川くんは優しいよね」

「は？　どこが？」

ほら、照れた。

耳の後ろをかくのが、彼の照れたときのサインだ。

「心当たりがないなら、別にいいけど」

実は私は、屋上で北川くんと出会う前から、彼のことを知っていた。

もちろん、サボり魔として有名だったからというのもある。

だけど高校一年生のある日、私は彼の優しい一面を知ったのだ。


入学してから一週間が経った四月の放課後。高校の最寄り駅のホームで、電車を待っていたときだった。

ちょうどホームから見えるところに、大きな駐輪場がある。その日は風が強く、自転車がドミノみたいに倒れていた。

そんな中、自転車を一台ずつ起こしている女性がいて、とても大変そうだった。

すでに駅のホームにいる私は、その様子を眺めていた。

手伝った方がいいかも……とは思ったけれど、ここから駐輪場まで行くには、階段を上り、連絡通路を歩いて階段を下りて改札を抜けなければならない。

それまでに女性が自転車を起こし終わっていたら、余計なお世話になってしまう可能性もある。

そういったずるい考えをこねくり回している間に、駐輪場に近づいていく人影が見えた。

見慣れた制服を着た男子だった。

頭を明るい色に染めたその男子は、入学したときから有名人だったのですぐに誰だかわかった。

彼——北川輝は、自転車を起こす女性を手伝い始めた。

女性は無事に自分の自転車を取り出せたらしく、彼に何度も頭を下げていた。

北川くんは笑顔で何かを言いながら、駅の改札へ歩いて行く。

その様子を眺めていた私は、自分がいいことをしたわけでもないのに、心が温かくなった。同時に、すぐに動けなかったことを恥じた。

彼みたいに、躊躇《ちゅうちょ》なく行動できるようになりたいと思った。

それから、なぜか私は、学校で自然と彼を探すようになってしまった。

何度か、校舎ですれ違ったときに目が合った気もした。けれど、たぶん私がじっと見つめていて、視線を感じた北川くんが振り向いたとか、そういう感じだ。


「北川くんがただのサボり魔じゃないこと、私は知ってるから」

「なんだそれ」

「北川くんはすごい人だってことだよ」

今度は私の方が照れてしまって、語尾が少し素っ気なくなってしまう。

「そんなこといったら、君塚の方がすごいでしょ」

「私が？」

私は別に、すごいなんて言ってもらえるような人間ではない。

「俺は君塚がすごいってこと、よく知ってるから」

さっきのお返し、とでもいうように、彼は満足げに言う。

「……例えば？」

「んー、例えば……あ、ほら、リレーのアンカーで二人抜いたやつ」

「え？」

それって……。

「あったじゃん、体育祭のクラス対抗リレーで――」

そこで北川くんの言葉が途切れる。彼も気づいたらしい。

たしかに、中学まで陸上部だった私は、体育祭のクラス対抗リレーで二人抜きをした。一瞬だけど、クラスのヒーローみたいな扱いを受けた。

でも――。

「それ、私が二年生のときの体育祭だよ。北川くんと初めて話したのって、三年になってからだよね」

彼との交流が始まったのは、今年の四月。私が屋上に来るようになってからのはずだ。

「………油断した」

やってしまった、というように、北川くんは目を閉じて斜め上を見上げる。

珍しい表情だ。

「なんで知ってるの？」

仰向けに寝転がった北川くんの顔を覗《のぞ》き込む。

「ずっと、見てたからだけど」

私から逃げるように、向こう側に半分だけ転がって、彼は答えた。

「へ？」

屋上で北川くんと出会う前、廊下や昇降口ですれ違いざまに目が合った瞬間を、私は今でもいくつか思い出せる。

あのとき、北川くんも同じように、私を見ていたのだろうか。

「昔からずっと、面白い人だな〜って思ってた」

「面白い……人？」

私から一番遠い形容詞だと思っていた。

むしろ、面白味がなく、周りからウザがられるようなタイプの人間だった。

面白いなんて言われるような要素、どこにもないはずなんだけど……。

それに、昔からって？

「一年の頃から、知ってたんだよ。君塚のこと」
一、二年生の頃の私は、北川くんとは違って、他のクラスの人にまで名前を知られるほど有名ではなかったはずで。
私の名前が全校に知れ渡ったのは、あの出来事が起きてからだ。

だから、一年生のときから私を知っていたという北川くんの言葉に、私は驚くばかりだった。

「そんなに前から？」

どうしてだろう。

だって、クラスも二年生までは違ったし、部活も委員会もかぶってない……。

「うん。そんなに前から、君塚のこと、知ってた」

「本当に？」

「本当だって。こんなこと、言うつもりじゃなかったんだけどなぁ」

どこか恥ずかしそうな彼の声が新鮮で、微笑ましくなった。

「別にいいじゃん。卒業式なんだし」

「そうだな。これくらいいいか」

観念したように、北川くんが笑った。

でも、接点もない私のことを、どうして北川くんは知っていたのだろうか。ちょっと考えたけれど、まったく心当たりがない。

「それに――」

続けて彼が口を開く。

「もう会うこともなくなるだろうし」

そのひと言に、寂しさが吹き抜けた。

北川くんの言葉通り、明日から私たちが会うことはなくなるだろう。

私と彼の関係は今日で終わる。

もう一生、交わることはない。

それはただの予感に過ぎないのだけれど、不思議と確信があった。

先ほどの卒業式を思い出す。

一人ずつ名前を呼ばれて、最後にクラスの代表者が卒業証書をもらう。

卒業証書の授与。

それだけで終わりのはずだった。

だけど、私のクラスではサプライズがあった。

サプライズと呼ぶには、ちょっと悲しすぎることかもしれないけれど。

担任が、こう付け足したのだ。

——このクラスにはもう一人、一緒に卒業するはずだった生徒がいます。

普段の緩めなものとは違う担任の引き締まった声が、静けさに包まれた体育館に響いた。

私のクラスには、不幸な事故で亡くなった生徒がいた。

その生徒は、よく屋上をさまよっている。

「そろそろ、本当にお別れみたいだ」

「薄くなってってる。もう、消えちゃうんだね」

「そう……みたいだな」

北川くんの顔がぼやけていく。

担任は、その生徒の名前を呼んだ。

――君塚双葉さんです。

――君塚さんは、今年の四月に亡くなりました。

「あ、なんか意識も遠のいてきたっぽい」

「そんな、他人事みたいに言うなよ」

北川くんがくしゃっと顔を歪《ゆが》める。

「だって、なんか実感わかなくって。これ、成仏《じょうぶつ》ってやつなのかな？」

「たぶんそうなんじゃない？」

ある出来事が起きてから、私は教室にいなくなった。

私、君塚双葉は、約一年前――三年生の一学期が始まる直前、トラックにはねられて死亡した。

その日、私は買い物の帰りに迷子らしき女の子を見つけた。

まだ小学生の低学年と思われる彼女は、周囲をキョロキョロ見回して、涙目になっていた。

自転車を起こす北川くんの姿が脳裏《のうり》に浮かんで、思い切って行動することにした。

まだ泣いているわけではない。近くに親御《おやご》さんがいるかもしれない。

北川くんの優しさを目撃する前の私だったら、そんな言い訳を並べて、見て見ぬふりをしていたと思う。

「どうしたの?」

私は女の子に目線を合わせて、できるだけ優しい声を作った。

このとき、迷子の女の子に声をかけなければ、私はまだ生きていたのかもしれない。

だけど、声をかけたことに関して、後悔はしていなかった。

私たちは、近くの交番まで歩くことにした。

事故が起きたのは、人通りの少ない交差点。

信号が青になった横断歩道を渡っているときのことだった。

私たちに向かって、大きなトラックが信号を無視して突っ込んできたのだ。

私は咄嗟《とっさ》にその子を突き飛ばした……らしい。

これは後から聞いた話なので、私の記憶にはない。

どうにかしないと、と思ったところまでは覚えている。

きっと、体が勝手に動いたのだろう。

最後に見たのは、目の前に迫ってくるトラックの映像だった。

スローモーションに感じていた。それなのに、体は動いてくれなかった。

大きな衝撃に襲われたはずだけど、即死だったらしいので、その部分は覚えていない。死んでいるのだから、覚えていないという言い方も変だけど。

気づくと、私の体は霊安室で横にされていた。その様子を、ベッドの横から私は見ていた。

お母さんもお父さんも、嗚咽《おえつ》を漏らして泣いていた。

「……え、何これ」

最初は夢かと思った。でも、夢にしては意識がはっきりしている。それなのに、なんだかふわふわした感覚。

ドッキリにしては趣味が悪すぎるし……。

最初は、何がなんだかわからなかった。

だけど、目の前の状況を見れば、どうしようもなく理解できてしまう。

ああそうか、君塚双葉は死んで、その魂だけがまだこっちにいるんだな、と。

つまり、私は今、自分の死体と対面しているのだ。

死んだ自分のことを見るのは、なかなか衝撃的だった。

などと冷静に思っていられたのも数秒だけで。

恐怖。不安。焦燥《しょうそう》。悲嘆《ひたん》。混乱。

とにかく色々なものが、ものすごい勢いで込みあげてくる。

胸の内側が、真っ黒な絶望で塗り潰《つぶ》されていった。

「ねえ、お母さん、お父さん！」

両親の腕をつかもうとしてみたけれど、見えない壁のようなものに阻《はば》まれて、できなかった。どうやら私は、この世界に干渉《かんしょう》することはできないらしい。

「っ……双葉ぁ」

お父さんが、私の名前を呼ぶ。

いつもは物静かで、声を荒げたところなんて見たことのないお父さんが、床に膝《ひざ》をついて慟哭《どうこく》する。

「私はここだよ！　ここにいるよ！」

私は答える。

「ねえ！　気づいてよ！」

声を張り上げる。

お母さんは、右手で両目を隠すように押さえていた。まるで、現実を直視したくないとでもいうように。

「ここだよ。ここに……ここにいるのにっ……」

それなのに、誰も私に気づかない。

私の語彙《ごい》では言い表せないほどに悲しかった。

でも、涙は出てこない。たぶん、死んでいるから。

こうして私は、幽霊みたいな何かになった。


翌朝——一学期の始業式の日。

色々と考えて、学校に行ってみることにした。

一晩考えた結果がそれだった。

死んだものはしょうがない。

誰にも私が視えないのなら、電車やバスにタダで乗れるし、遊園地や水族館も入り放題だ。眠くもならないし、お腹《なか》もすかない。

なんだ、いいことだらけじゃないか。

本当はどうしようもなくつらかったけど、無理やりポジティブにとらえようとしていた。


そういうふうに考えないと、どうにかなってしまいそうだったから。

いた。

学校に行くと、教室は深刻《しんこく》な雰囲気に包まれていた。

もう私が死んだという情報は、少なくともクラスメイトには知れ渡っているらしい。

仲の良かった友人が、机に座って静かに涙を流していた。

その様子を見て、私も泣いた。涙を流せないなりに、心で号泣《ごうきゅう》した。

改めて、私が死んだことを思い知らされた。

私だけ、三年生になれなかった。

隣の席になるはずだった北川くんは、花の置かれた私の机を、じっと見つめていた。

このときはまだ、彼に私のことが視えるようになるなんて、思ってもみなかった。


「そういえばさ」

「ん？」

「北川くんが授業抜けて屋上でサボるようになったのって、三年生になってからなんだね」

「なんで知ってんの？」

「クラスメイトが話してた」

「ふーん」

二年生までの北川くんは、授業中に寝ていたりとか、遅刻や欠席がちょっと多かったりする程度だったらしい。

「私の方が出席率いいんじゃない？」

「そうだろうね」

授業中、私は休みの人の席に座って、なんとなく授業を聞いていたり、後ろのロッカーで横になって寝ていたり、ベランダで日向《ひなた》ぼっこをしていたりした。

北川くんも全部サボっていたわけではないから、たまに教室で目が合うのが嬉しかった。もちろん、会話はしていない。

「どうして、わざわざ屋上でサボるの？」

二年生までと同じように、授業中に寝ればいいのに。いや、よくはないのだけれど。でも、そうすれば一応出席にもなるし。

「真面目に授業受けてる人もいるんだから、俺みたいなのがいたら迷惑だし」

嘘をつくとき、北川くんは視線を左上に逸らす。

「本当は？」

私はちょっと、ほんのちょっとだけ、その理由に心当たりがあったけれど、それが違ったらとても恥ずかしいので、できれば北川くん自身の口から聞きたかった。

「………せっかく同じクラスになれたのに、君塚と話したりできないのが寂しかった」

投げやりになったように、北川くんは答えた。

「そうなんだ」

嬉しいのに切なくて、それだけ言葉にするのが精いっぱいだった。

ぶっきらぼうに聞こえてしまっただろうか。

「君塚と一緒に、教室で過ごしたかった。教科書忘れたときに借りたり、予習やってこなかったときに写させてもらったり、先生にあてられたときに起こしてもらったり、そういう普通の高校生がすること、したかったな」

嬉しくてたまらなかった。同時に、どうしようもなく悲しくて、無理やり笑顔を作ってごまかす。

「あはは。全部私がしてあげる側じゃん」

とても北川くんらしい。

「文化祭の準備で、じゃんけんで負けて君塚と買い出しに行きたかった。放課後に教室に残って、テスト勉強したかった。修学旅行で、同じ班になりたかった」

「いいね。楽しそう。私もしてみたかったなぁ」

全部、できなかったけど。

「君塚と一緒だったら、絶対楽しかった」

普段だったら北川くんが絶対に口にしないであろう台詞《せりふ》のオンパレードに、私の胸はギュッと締めつけられる。もし心臓があったら、破裂してたと思う。

「でもさ、そういう普通の学校生活もいいけど、今も結構楽しくない？」

私にとって、この屋上で過ごした北川くんとの日々は、かけがえのないものだった。

誰からも気づいてもらえずにいた私に、北川くんが声をかけてくれたあの日から、私の高校生活はまた始まったのだ。

「まあ、そうだね」

苦しい日々を乗り越えてこられたのは、北川くんのおかげだった。

「どうせなら、他の人にも私の姿が視えればよかったのにな」

そしたら、友達とも楽しく話せたのに……。

「それは、なんか嫌かも」

私が何気なく口にした言葉に、北川くんは口をとがらせる。

「なんで？」

「だって、他の人とも話せたら、君塚は俺なんかと話さなくなるじゃん」

「そんなことないけどなぁ。北川くんとこうして話すの、めちゃくちゃ楽しいし」

私も、北川くんにつられたように、普段なら絶対に言えない言葉がするすると口から出てくる。ブレーキが壊れてしまったみたいだった。

「そういえばさ、北川くんって、私以外は視えてないんだっけ」

死んだ私が視えるということは、霊感みたいなものがあるのでは……などと思っていたが、あまり気にしたことはなかった。

「たまにそういう雰囲気を感じるときはあるけど、ちゃんと視えたり話せたりするのは君塚だけ」

「ふふ、なんか嬉しい」

「はぁ？」

「私だけ、特別ってことでしょ？」

「まあ、そうだね」

北川くんは耳の後ろをかきながら、それが何か？というような表情を作る。

「それって、どうしてなんだろうね」

「さあ。その対象への感情の大きさに比例して視認しやすくなるとかじゃない？」

「それって、北川くんが私のことを強く想ってくれてるってこと？」

「わざわざ難しめの言葉使ったんだから、言い直さなくていいのに」

「ごめんごめん。私、国語は苦手なんだ」

「国語〝は〟？」

「はいはい。数学も苦手ですよー」

「知ってる」

北川くんは放課後の屋上で、私が授業でわからなかったところを教えてくれたりもした。

この先、大学にもいけないし、そもそも成績すらつかない私には、あまり意味なんてないけど。

ちなみに、北川くんは東京にある有名な難関国立大学に合格していた。サボり魔のくせに。

「ってかさ、私が初めて屋上に来たとき、どうして話しかけてくれたの？　それまでも教室で視《み》えてたんでしょ」

「うん、新学期が始まって、三日目くらいから視えてたよ」

「じゃあ、そのときに話しかけてくれなかったのはどうして？」

「さすがに、本物だと思わなかった。悲しすぎて、幻覚《げんかく》まで視えるようになったかーって」

「私が死んじゃって悲しかったの？」

「……さぁ」

「北川くんって、ごまかし方が下手すぎるよね」

そういうところ、すごくいいと思う。

「俺は素直《すなお》な人間だからね」

真顔のジョークはスルーしておく。

手足の感覚がなくなってきた。

もう、私たちに残された時間は少なくなっている。

だから、せめて未練《みれん》が残らないように、彼に色々なことを伝えていこうと思った。

「実は、さっきから視界が狭《せま》くなってきてるんだ」

「そっか」

そっけない返事のわりに、北川くんの視線はずっと私をとらえている。

「北川くん、ありがとね」

「どうしたの、いきなり」

「北川くんがいてくれて、すっごく楽しかった」

本当はもう一歩踏み出して、言いたいことがある。

でも、未来の彼の足かせになりたくないという気持ちも同時にあって。

未練は残したくない。でも、北川くんには私と違って、無限の可能性があって、明るい未来に羽ばたいていくこともできる。

「俺も、退屈しのぎにはなった」

「退屈しのぎって。さっき、素直な人間を自称《じしょう》してた人の言葉とは思えないね」

お互いに見つめ合う。もうすぐ消えてしまうはずなのに、私の胸は幸福で満たされていた。

「……君塚、まだ見えてる？」

北川くんが私の目の前で手のひらをふる。

「うん。だいぶ不鮮明になっちゃってるけど。視力が悪い人って、こんな感じなのかな」

最後に見た景色に、北川くんがいてほしいな。

「聞こえてる？」

「ギリギリ」

耳に水が入ったときみたいな、かすかな聞こえ方だけど、まだ届いている。

最後に聞いた声は、北川くんの声がいいな。

「じゃあ、最後にこれだけ言わせて」

「何？」

私は全力で、聞こえづらくなった耳を傾ける。

「君塚のこと、結構好きだった」

「結構？」

目に力を入れて、ぼやけた北川くんを焼きつけるように見る。

「……かなり好きだった」

「足りない」

この期《ご》に及んで、もっとほしいと思ってしまう私はわがままだろうか。

もう、十分すぎるほどに嬉しいのに。

「………大好きだった」

絞り出すように紡《つむ》がれた彼の声が、かすかに聞こえた。

その声は震えていて、今にも壊れてしまいそうな悲痛さに彩《いろど》られていた。

「ありがとう。……私も、大好きだよ」

微笑んで、ずっと言えずにいた気持ちを声に出す。

ちゃんと伝わってくれただろうか。

どうやら、北川くんは何か言葉を発しているらしい。

だけどもう、私の耳は彼の声を拾ってくれない。

大好きな人の顔が、見えなくなって――。

視界が、頭の中が、真っ白に染まっていく。

こうして、私はこの世界から消えていく。

ちょっと早すぎる幕引きだけど。

最後に、北川くんと両想いになれてよかったなぁ。

「卒業、おめでとう」

薄れゆく意識の中で、北川くんの優しい声が聞こえた気がした。

＊

一人になった屋上で、風が寂しさを運んでくる。

「そういえば……結局、返せなかったなぁ」

涙声で呟いた北川輝は、ポケットに手を突っ込んで。

半分に折られた消しゴムを取り出すと、愛《いと》おしそうに見つめた。

透明な頭蓋骨

雨

もし、きみの頭蓋骨が透明だったら。
そうしたら私たち、今とは違う未来にいただろうか？

トイレで手を洗ったついでに鏡に視線を向けた時、そこに映る自分に黒くて冷たい印象を受けた。人は見た目が九割って、まさにその通りだ。

釣り上がった目尻に、瞳の下にある余白。無駄にくっきりした二重《ふたえ》幅のせいで、三白眼《さんぱくがん》の冷たい印象が余計に目立ってしまっている。

ドライヤーが面倒だという一心でぶっつり顎《あご》のラインで切った髪には母譲《ゆず》りの艶《つや》があり、黒というより漆黒《しっこく》という言い方がしっくりくる。

身長は一六五センチ。女子高生の平均身長と比較するとやや高い。

年のわりに大人びた自分の容姿《ようし》に内心ため息が出た。

きついだの、怖いだの、目が死んでいるだの、過去に散々言われてきた言葉はまるで呪いのように今もついて回る。

もう少し黒目が大きかったら。もう少し身長が低かったら。もう少しだけ、柔らかくかわいい雰囲気《ふんいき》の女の子だったら。

そうしたら、今とはもっと違ったかもしれない。

ないものねだりと言われたらそれまでだが、遣《や》る瀬《せ》ない気持ちはいつまでも消えてはくれない。

ブレザーのポケットに手を突っ込んだが、ハンカチは入っていなかった。どうやら忘れてきたらしい。

公立高校のトイレにペーパータオルなんて便利なものは当然置かれていないので、仕方なく濡《ぬ》れた手で髪を軽く梳《と》かし、私はトイレを出た。

十八歳。まともな青春を体験しないまま、私の高校生活はもうすぐ終わりを迎える。

「市ヶ谷《いちがや》、それ終わったら帰って良いよ。ご苦労さん」

「え、先生。こんなに頑張《がんば》ったんだからお菓子のひとつやふたつくれても良いんじゃないですか」

「そういうのは自分で言うもんじゃないんですよ市ヶ谷サン」

「言わないとくれないじゃないですか」

「言ったらもらえると思ってんのもこえーよ」

二月半《なか》ばの放課後のこと。

職員室の前をたまたま通りがかったところを、英語教諭で写真部の顧問でもある瀬《せ》戸《と》先生につかまってしまった私は、英語科準備室で、課題プリントを四枚ずつホッチキスで止めるという地味《じみ》に時間のかかる雑用を頼まれていた。

私は写真部に所属していたので、三年の文化祭を終えて部活を引退したあとも何かと都合よく使われることが多く、今回も例外なくそうだった。「あ、市ヶ谷今から帰るだけならちょっと手伝ってよ」と、そんな感じである。あまりにも都合が良すぎると思う。

さらに補足すると、写真部の部員は全部で六人。うち半分以上が幽霊部員と化していたので、人数もやる気も足りない廃部寸前の部活として認識されていた。

私は比較的真面目《まじめ》に部活をしていたほうだったので、瀬戸先生と顔を合わせる機会が多く、そうしているうちに少しばかり仲良くなってしまった、というわけである。

「市ヶ谷、ほれ」

「え、わっ」

先生は私が顔を上げたタイミングとほぼ同時にポケットから個包装《こほうそう》の飴玉《あめだま》を取り出し、こちらに向かって投げた。咄嗟《とっさ》に手を出してそれを受け止めると、「意外とやるやん」と嬉《うれ》しくない褒《ほ》められ方をされる。

ブドウ味の飴玉。早速《さっそく》口に含むと、ブドウの香りと甘さが広がった。

暖房が付いているといっても、外気温度が低すぎて暖気《だんき》がなかなか広がらないのが真冬の難点だ。窓の隙間《すきま》を抜ける冷え切った風に、時々身体が震える。

「うー……寒」

「女子高生は大変だね。こんな真冬でもスカート履かなきゃなんねーの」

「寒そうだって思うならスカートの下にジャージ履《は》くのありにしてくださいよ。なんでだめなんですかあれ」

「そりゃだらしないからだろうな」

「えー、校長先生の頭のほうがだらしないと思いま……」

「それ以上の発言は校則違反です」

くくく……と笑いをこらえながら先生が言う。

もうほとんどアウトだったんですけど。そう訴えるように瀬戸先生に視線を送り、それから私もつられて笑ってしまった。

瀬戸先生は、縁《ふち》が黒い眼鏡がよく似合う、細身で色白な男の人だ。

二十九歳、独身。本人曰《いわ》く、自分の生活スタイルを他人に踏み込まれることが嫌いらしい。絶対結婚できないとまるで他人事《ひとごと》のように嘆《なげ》いた先生に「人生には少しの妥《だ》協《きょう》が必要なんですよ」とどこかの本で読んだ言葉をぶつけると、えらそうな言葉だなと笑っていた。

それも、つい五分前の話だ。

「で、市ヶ谷。どうだった？」

「どうって何がですか」

「高校生活、後悔とかしてないんかなって。高校生ブランドは手離した途端《とたん》恋しくなっちゃうもんだからね」

高校三年生、最後の登校日。明日から三年生は自由登校の期間に入るので、ほとんどの生徒が卒業式当日まで学校には来なくなる。

写真部の私も例外ではなく、明日から半月近く制服を着なくなるわけで、つまるところ、私の高校生活は実質今日で終わりを迎える、ということだ。

高校生活に後悔はしてないか？　なんて、私にそんな質問をするのは皮肉だと思う。

「先生サイテーです」

「なんでだよ」

「達成できたことよりやり残したことのほうが多いんです、私は。知ってますよね、先生も」

後悔なんて数えだしたらきりがない。体育祭も文化祭も修学旅行も、友情も恋愛も。ひとつだって、私が思い描いていたものにはならなかった。

やり直せるなら、入学式の日から。中学時代から。

――この容姿に生まれた時から。

「まあでも、時間を無駄にすることも何度も失敗することも青春っちゃ青春だと思うよ、俺は」

「そんな無理やり括《くく》らなくていいです」

「なはは、夢がねえな」

募《つの》る苛立《いらだ》ちを誤魔化すようにため息を吐く。

登校日は今日で終わり。残すところ、学校に来るのは卒業式の日だけだ。

今更どうにもできないことを悔《く》やんでも仕方がない。

「卒業式行きたくないな——……」

思い出と呼べるほどのことは何もなく、誰かを好きになることもなければ、友達もろくにいなかった。

最後にここぞとばかりに話す校長先生の祝辞《しゅくじ》を聞いて、卒業証書をもらうためだけに制服を着て学校に来なければならないのは、単純に、だるいのだ。

荷物を取りに教室に戻る頃にはすっかり外は暗くなっていて、廊下に灯《とも》る蛍光灯《けいこうとう》の白がやけに眩《まぶ》しく感じた。

廊下には生徒の姿は見られず、時折グラウンドから聞こえる野球部の声と私の足音だけが響いている。

教室のドアを静かに開けると、凍《い》てついた風が肌を突き刺した。先程までいた英語科準備室の寒さなんて比べものにならない冷たい空気に、「さぶっ」と思わず声がこぼれる。

窓が開いていて、ベランダに制服を着た男子生徒の姿が見えた。ドアを開ける音に反応したのか、男子生徒がゆっくりとこちらを振り向く。

短く切られた黒髪が、小さく風に揺れていた。

「あれ、市ヶ谷。まだ残ってたんだ」

そこにいたのは、クラスメイトの荒井渉希《あらいしょうき》くんだった。

寒さに顔を歪《ゆが》めていた私に気づき、彼は室内に戻ると静かに窓を閉めた。

彼は窓際の列にある自分の席に座り、「外寒いよなぁ」と話しかけてくる。荷物を取りに来た私も、流れるまま同じように席についた。

荒井くんの、隣。

半年前にくじ引きで行われた席替えで、私たちはたまたま隣の席になった。

「なんか先生に頼まれてたとか？」

「あ……えっと、うん。瀬戸先生に」

荒井くんが「あー……」と声をこぼす。心なしか、表情が曇《くも》ったような気がした。

「結構仲良いよね？　市ヶ谷と瀬戸先生って」

「うまく使われてるだけだと、思うけど」

「……好きとかだったりして」

小さく呟《つぶや》かれたそれに、私は「え？」と聞き返す。聞こえなかったわけじゃないけれど、言葉の意味はすぐに理解できなかった。

瀬戸先生と仲良いよね。好きとかだったりして。

……いやいや、ありえない。

私と瀬戸先生はただの顧問と生徒にすぎないのだ。瀬戸先生にとって私は雑用を頼むにはちょうど良い生徒で、私にとって先生は自分の話ができる貴重な人。

とはいえ、仲が良いと言えるほど、たくさん会話を交わしているわけでもない。

しいて言うなら、私たちの間に絶対結婚できない者同士という共通点があるだけだ。

「いやそんなわけ……」

「ごめん嘘、今のなし。あるあるだよね、顧問が部員頼りがちなの。そんで断る理由がないのも憎い」

否定しようとしたところに被《かぶ》せてそう言われ、私は「あ、うん、だよね」とぎこちない返事しかできなかった。

最後の日までお疲れさま、と言われたので、ありがとうと短く返す。

私たちの会話のキャッチボールは、荒井くんから投げられる球のほうが少し速い。

「荒井くん……は」

「あー、俺はべつに何も用事はないんだけどさ。今日で学校来るの実質終わりなわけじゃん。だからなんか名残《なごり》惜しかったっつーか。高校生終わっちゃうんだなあって思ったら、今日が終わってほしくなくて」

「自分で言っておいて恥ずいかも」と照れたように彼が言う。

荒井くんってそういう顔もするんだ、と、他人事のように思った。

荒井くんはいわゆるムードメーカーというやつで、体育祭や文化祭を始めとしたイベントごとの時に、いつも先陣を切ってクラスの士気をあげてくれるタイプの人だった。

三年生で初めて同じクラスになったので、語れるほど彼のことは知らないが、学年でも目立つ男女グループの中で、いつも周りを笑わせているイメージが強かった。

身長も声も大きいので、意識的に見ていなくても自然と視界に入ってきていた。

誰にでも平等に優しく接しているからか、彼に関して悪い噂《うわさ》は聞いたことが一度もない。愛されキャラってやつだと思う。

私と荒井くんは席が隣同士で近かったから、席についているだけで、荒井くんやその周りの人たちの会話が筒抜けで、彼等のプライベートな話や噂話などを耳にすることが多かった。

例えば、学校の最寄駅の近くに来月東京から初上陸するケーキ屋ができるとか、風紀委員の佐藤《さとう》さんは身だしなみチェックの時山田《やまだ》くんにだけ甘いとか、美術部の顧問と非常勤講師がデキてるとか。

ああ、あと——荒井くんには同じクラスに好きな人がいるらしいこととか。

私は、荒井くんに限らずクラスメイトとは必要最低限の会話しか交わしたことがないはずなのに、彼等の会話を耳にするたび、私もその輪の中にいるんじゃないかと錯《さっ》覚《かく》してしまいそうになっていた。

人生には少しの妥協が必要だ、なんて瀬戸先生に偉そうに言ってみたくせに、私の人生は妥協点があまりにも多すぎて、情けない。

素でいられる友達も好きな人もできなかった私にとって、全く違う生き方をしている彼等の存在はとても眩しく、羨《うらや》ましくもあったのだ。

「市ヶ谷はさ、自由登校期間って学校来る？」

「……や。行かないと思う」

「うわー、そっかぁ。俺の友達もみんなそう言ってる。春休みは長ければ長いだけいいってさ」

登校したとて、誰と別れを惜しむわけでも、最後の思い出を作るわけでもない。

春休みが長ければ長いだけいいとまでは思わないが、大学進学に伴《ともな》って春からひとり暮らしをすることになっているから、引っ越しの準備を進めなければならない。

例えば私に友達がいたとしても、自由登校期間に来る予定はきっとなかった。

「まあ、普通はそうだよなー……」

荒井くんは、違うのだろうか？

私が持っている情報が間違っていなければ、荒井くんの進学先はすでに決まっていたはずだ。生徒会に所属している生徒はこの時期は引継ぎ業務があるみたいだけど、荒井くんはそういうわけでもないから、自由登校でわざわざ学校に来る必要はないように思う。

それとも、友達が誰も来なくても、学校に来たい理由があるのだろうか。

「荒井くんは、来る予定があるの？」

「可能性はあったけど、今なくなった。うん、市ヶ谷が来ないなら行かない」

独り言のように落とされた言葉に疑問を抱いて問いかけると、よくわからない返事がきた。人と関わることが希少《きしょう》すぎて、思考を読み取る力が低下している気がする。

なんで私が関係あるの？　と、その意味を込めて首をかしげると、困ったように笑われた。

初めて見る表情だった。時折横目で視線を送るだけじゃわからなかった表情に、どうしてか胸が鳴る。

「卒業式、行きたくねえなー」

「うん……あ、いや」

「あ。市ヶ谷もそう思う？　卒業式、出たくないって」

背もたれに体重を預けるように仰《の》け反《ぞ》って落とされた荒井くんの嘆きに、反射的に頷《うなず》いて、それからすぐに後悔した。

卒業式には出たくない。

堅苦しい文章をだらだら喋《しゃべ》る校長の祝辞を聞くのも、ご来賓《らいひん》の皆様が挨拶《あいさつ》するたびに生徒全員で頭を下げるのも、歌詞もまともに覚えていない校歌を歌わされるのも、全部面倒で仕方がない。

呼び捨てで呼び合える関係をひとつも築けなかった場所を卒業したところで、どうせ何も得られない。

半数が幽霊部員でできている部活で振り返ることなんてないし、顧問だからと言って瀬戸先生に改まって言うべきこともない。

部活を通して撮った写真はどれも外観や風景ばかりで、自分が映っているものはひとつだってなかった。

そんな日々を卒業したって、私はどうせ変わらない。

それならいっそ、全部端折《はしょ》って大人になれたら良かったのに。

なんて思っていることは、荒井くんには言えなかった。

きみはきっと、私とは違う理由で卒業式に出たくないと言っている気がする。

「卒業したら、もう二度と会わなかったり関わらなくなったりする人がいるのかもなって思ったら寂しくねえ?」

——ほら、やっぱり。

私と荒井くんは同じじゃない。思考も生き方も、きっとひとつも交わらない。

「……そう、かなぁ」

「市ヶ谷とだって本当はもっと話してみたかったんだ、俺」

「え」

目が合った。不意に交わった視線に、とらわれて動けなくなる。

「つーか、俺だけじゃなくて他にもいっぱいいたけどな。女子たちがよく『市ヶ谷さんと仲良くなりたい』って言ってんの聞いてたし」

「ど、どんな冗談……?」

「冗談じゃなくて、まじの話。いつもどんな音楽聴いてんのかなとか、どうやったら市ヶ谷みたいにかっこよくなれるのかとか、憧れてるやつ多かった。文化祭で飾られてた写真もすっごい綺麗《きれい》でうまかったじゃん。だから、みんな市ヶ谷のこと知りたくてしょうがないって感じだったよ」

荒井くんがどんな心理で私にその話をしているのか、全然わからなかった。

いつもひとりでいることしかできない私のどこに憧れる要素があったのだろう。

他人の憧れの的になるほど、私は優れた人間じゃない。

文化祭で展示した写真だって、瀬戸先生に「適当に何枚か作品出しなよ」と言われたから出しただけ。強い思い入れとか意図《いと》とか、後から思い出して愛しくなるような感情は、そこにひとつも込められてなかった。

思えば、一度も自分のことを好きになったことなどなかった。

捨てられるものなら、こんな自分は捨ててしまいたい。

『杏《あん》ちゃんみたいな人ってさ、もうずっとひとりでいるほうが向いてるんじゃない？』

あの頃の記憶が蘇《よみがえ》る。誰かと仲良くなりたいと思っても、知りたいと思っても、言葉の呪いがとけてはくれない。

ひとりでいれば、誰も傷つけない。

あの日から、私は、人と距離をとることでしか自分を守れなくなってしまった。

結果的に、三年間で大きな失敗をすることはなかったが、その代わり、愛おしくなるほどの思い出もできなかった。

「仲良くなりたかったっていうか、今も全然思ってる。市ヶ谷と友達になりたいんだけど、今からでも間に合うかな？」

「……そんなこと、急に言われても困るよ」

外見で貼られたレッテルを払拭《ふっしょく》して、人見知りを直して、新しいところで生きていたい。

誰も私を知らないところでゼロから始めたい。

荒井くんのように、誰かにとっての眩しい存在になれたら良かったのに。


「市ヶ谷も、そんな顔するんだ」

どうしてか、荒井くんは嬉しそうに、照れたように、笑っていた。


これは、私が中学生だった時の話だ。

入学してすぐ、席が前後だった女の子、ユイノと仲良くなった。

人見知りなこともあって、三年間で友達がひとりもできなかったらどうしようと不安に思っていたので、話しかけられた時は嬉しかったし、とても安心したのだ。

ユイノは大きな黒目に二重が映《は》えるかわいらしい顔つきの女の子だった。

彼女と仲良くなってから、彼女の幼馴染《おさななじみ》であるコハルや、同じ部活に入って仲良くなったという広瀬《ひろせ》くん、そして彼の友達である矢野《やの》くんと関わる機会も多くなり、私の交友関係はわかりやすく広くなった。

最初は人見知りもしたけれど、周りのみんなが話し上手だったこともあり、私たちが仲良くなるのに時間はそうかからなかった。

仲良くしているうちに、いつのまにか私は、いつも温厚《おんこう》で優しい矢野くんのことが気になるようになった。

私と矢野くんは通学路が被っていたので、ふたりきりになる機会が比較的多く、私はそのたびにドキドキしていた。

名前を呼んでもらえるだけで幸せだった。年のわりに大人びた容姿は私にとってコンプレックスだったけれど、矢野くんだけが、三白眼を「強くてかっこいい」と褒めてくれたのだ。

その時私は初めて、人を好きになるきっかけはあまりに些細《ささい》で、けれどとても尊《とうと》いものだと知った。

それから、おこがましくも、矢野くんももしかしたら私のことを好きでいてくれているのではないか、と思うことが何度もあった。

けれど、彼を好きになったと周りに伝えることがどうにも恥ずかしく、当然本人に告白するなんて度胸《どきょう》もなかった私は、誰にも相談しないまま、恋心をひそかに秘めて過ごしていた。

冷めた顔つきのせいか、ユイノやコハルに恋心を見抜かれることもなかった。

今になって思い返せば、あの頃の私はそれなりに〝青春〟というものを体験できていた気がする。

全部が音を立てて崩れ始めたのは、一年生の終わり、冬のことだった。

「あたし、矢野にバレンタイン渡すって決めた！」

「えーいいじゃん！　じゃあついでにうちと杏ちゃんで広瀬に義理チョコあげる？」

「いいねいいね。じゃあ三人で一緒に作ろうよ！」

ユイノが矢野くんを好きだという事実を知って、私は動揺《どうよう》した。

友達と好きな人が被ってしまった。

そういう時にどうするのが正解なのかわからなかった。

ユイノとコハルは自分の気持ちを言葉にするのが上手だったけれど、一方私はそうではなかった。

盛り上がっているところに「私も矢野くんのことが好き」なんて、水を差すようなことは言えず、結局私は、ユイノにもコハルにも、広瀬くんにも相談できないままバレンタインを迎えた。

黙っていることが正解だなんて思っていなかったけれど、それしか選べなかったのだ。

「……あたし、がんばってくるから」

モヤモヤしたまま一緒に作ったチョコレートを抱え、矢野くんに告白すると意気込むユイノの姿を見るのは、胸が苦しくて、痛かった。

大好きな友達だから応援したいという気持ちと、矢野くんの好きな人になりたいという気持ちが混ざり合って、無機質なトーンの「うまくいくといいね」がこぼれた。

うまくいってほしい、うまくいってほしくない。矢野くんが誰のことも好きじゃなくて、誰とも付き合う選択をしなければいい。

そうしたら私は恋心ごとなかったことにできるし、ユイノとこれからも仲良くできるかもしれない、と、私は確かに願っていたのだ。

「杏ちゃん、ひどいよ」

翌日、泣きはらした目でユイノは私にそう言った。

その隣には、敵意がむき出しになった冷たい視線向けるコハルがいて、乾いた空気が私の肺を抜け、呼吸がとても浅く感じた。

「あたしが振られるってわかってて一緒にチョコ作ってたの？」

「え？」

「本当は心の中で笑ってたんでしょ。こいつどうせ振られるのにカワイソーって思ってた？　杏ちゃん、いっつも人のこと見下してるみたいな目してるもんね。『うまくいくといいね』って言ってくれたやつも嘘だったんだ」

「え……ま、待って」

「最低、ホント、最悪だよ……」

そうじゃない、そんなつもりじゃなかったと、否定する言葉は喉の奥につっかえてひとつも出てきてはくれなかった。

「矢野、杏ちゃんのことが好きなんだって。良かったね？　どうせ杏ちゃんだって、本当は最初から矢野のこと狙ってたんでしょ？」

上手に自分の思考を話せない自分が憎く、こんな時でも、矢野くんがユイノの告白を断ってくれて良かったと思っている自分が怖くもあった。

私が泣いていい立場ではない気がして、震える両手を握りしめてぐっとこらえる。

欲張りなふたつの願いは、当然のようにどちらもかなってはくれなかった。

「杏ちゃんみたいな人ってさ、もうずっとひとりでいるほうが向いてるんじゃない？」

ユイノを慰めるように肩を抱きながら、コハルは私を睨んでそう言った。冷めた瞳は、私が鏡を見て自分から受ける印象よりも、ずっとずっと恐ろしいものに見えた。

それっきり、中学校を卒業するまで、私がユイノたちと言葉を交わすことは一度もなかった。

私たちの間にあったやりとりを知らない広瀬くんは、遊びに誘ってくれたりしたけれど、頑《かたく》なに断っているうちにいつしか誘われなくなり、疎遠になった。

矢野くんには、その後すぐ告白をされたけれど、彼を好きだという気持ちより、自分が残酷《ざんこく》で最低な人間だったという事実が重くのしかかり、好意を受け取ることができなかった。

私が全部壊してしまった。

言葉がいつもどこか足りなくて、自分の感情を上手に表現できない。

そのくせ容姿ばかりが大人びていて、まるで人を見下しているような印象を与える。

私がもっと上手に人と関わることができていたら。私が私じゃなかったら。

そうしたらもっと違う未来があったかもしれないのに。

あれだけ仲が良かった男女グループが、二年生に上がってからすっかりお互いを避けるようになれば、何かあったと察する人も一定数いるわけで、ユイノから事情を聞いたであろう一部の女子から陰口を言われていた時期もあった。学校に行くことが苦痛で、休みがちにもなった。

噂は数日で蒸発したが、私たちの間に入った亀裂《きれつ》は元に戻らないまま日々は過ぎていった。

ようやく卒業式を迎えた時、内心ほっとしている自分がいたことに笑えたのだ。

あれから三年が経《た》つ。知り合いと同じ空間で呼吸をするのが苦しくて、高校は地元から離れたところを選んだので、同じ中学校出身の人はひとりもいなかった。

ひとりでいるほうが向いていると言われた。私自身もその通りだと思ったから、人を避けて生きていくことを選んだ。

写真部に入ったのは、部員が少なく、活発な部活動じゃなかったからだ。人と交流しなくてもやっていけそうだと思ったし、顧問の瀬戸先生がとにかく適当でゆるそうだったから、良いと思った。理由なんてそれだけだ。

「市ヶ谷さんも来ない？」

高校に入学してすぐの頃、クラスメイトの女子から親睦《しんぼく》会をかねたカラオケに誘われたことがある。入学して早々、そんな企画を立ててクラスメイトに声を掛けるという行動力を、私はひそかに尊敬していた。

誘ってくれたことへの嬉しさはあったけれど、放課後はたまたま眼科の予約を入れてしまっていて、その日を逃すとコンタクトが切れてしまうこともあり、キャンセルするわけにはいかなかったのだ。

「……今日は、用事があるので」

せっかくの誘いを断らなければならないことへの申し訳なさと、参加したとして、誰かと仲良くなることへの恐怖が混ざり合って、私はへたくそな答え方しかできなかった。

「あ、そっかぁ……」

「……えっと、ごめん」

気まずい雰囲気は、一度できあがるとその空間ではなかなか治すことができない。こんなふうに突き放すような言い方じゃなくて、空気を和《なご》ませる言い方ができていたら、私はきっともっと上手に息ができていたのだと思う。

ユイノやコハルだったら、「あーごめん、あたし今日眼科行かないとコンタクト切れちゃうんだよねぇ。また次誘って!」と上手に断っていたことだろう。

シミュレーションはいくらでもできるのに、私はそれをひとつも声にできない。

一瞬の後悔すら、悔やんだ時にはもう遅くて、彼女は「こちらこそごめんね、気使わせちゃって!」と、申し訳なさそうに眉を下げて言った。

「てかさあ、なんで市ヶ谷さんもわざわざ誘ったの?」

その日の放課後、トイレを出ようとしたところで、まるでドラマにありそうな最悪のタイミングで、私をカラオケに誘ってくれたクラスメイトがそんな会話をしながら入って来た。

個室を出るに出られなくなった私は、息をひそめて会話に耳を澄ます。

「いやだってさ、一応クラスの子みんなに声かけてるし、市ヶ谷さんだけ飛ばすのって変じゃない？」

「でも誘うだけ無駄だったじゃん。市ヶ谷さん、何考えてるかわかんないもん。言い方も冷たかったしさ、きっとひとりでいたいんだよ」

「まあそうだけどさぁ……」

「あたし、市ヶ谷さんちょっと苦手だわー」

悪口と呼べるほどひどい内容ではなかったが、私の断り方が冷たさを与えていたのも事実で、遣る瀬ない気持ちになる。

やっぱり、この容姿を持っているかぎり、私は変われないのかもしれない。

ひとりが向いている、そうであることが私にとっての最善だと、私はその瞬間に悟ったのだ。

——市ヶ谷と友達になりたいんだけど、今からでも間に合うかな？

荒井くんに言われたそれは、私を混乱させた。

私にそんなことを言うなんて、どうかしているとしか思えない。

友達の始め方なんてもうすっかり忘れてしまった。どう答えていいかわからず、荒井くんの眼差《まなざ》しから逃げるように目を逸《そ》らす。

私はそんな大した人間じゃない。自分の悪いところを全部何かのせいにして、変われない自分を〝仕方ない〟で諦めてばかりだ。

「俺さ、高校の思い出聞かれたらぱっと思い浮かぶくらい覚えてることがあって」

荒井くんが、当時を思い返すように言葉を落とす。視界に映った、西日に照らされた横顔が美しかった。

「結論から言うと、俺が市ヶ谷に興味持ったきっかけの話なんだけど」

「……それ、本当に私だった？」

「わはっ、疑うなよ。俺にとっては大事なことなんだから」

荒井くんが柔らかく笑う。笑顔ひとつをとっても、彼には周りから愛される要素が詰まっている。

私とはまるで正反対。だから、私が荒井くんに惹《ひ》かれる可能性はあっても、荒井くんが私に惹かれる可能性は考えられなかった。

「見てたよ、俺は。市ヶ谷のこと」

荒井くんから聞いたのは、私にとっては言われるまで思い出すこともなかったくらい些細な出来事で、けれどそれは、彼にとっては大事な出来事だったみたいだ。

「同じクラスになった時から、市ヶ谷がどんな人なのかは気になってた。市ヶ谷みたいにクールでかっこいい女の子って今まであんまり見たことなかったから、それが興味につながってたのが最初」

「……そうなんだ」

「隣になってすぐの時、佐藤がノリで市ヶ谷に好きな人のタイプ……みたいなの聞いたことあったんだけど、覚えてる？」

机に頬杖《ほおづえ》をつき、荒井くんが私を見つめる。首を振ると、そりゃそうだよな、と彼は笑っていた。

「みんな市ヶ谷に興味深々だったのと、俺が市ヶ谷のこと見てばっかりだから勘付かれてたのもあったと思うんだけど。話の流れで、佐藤が急に『市ヶ谷さんはどんな男がタイプ？』ってさあ。俺、隣の席になって話しかけるのもビビってたくらいだったのに、いきなりそんな質問すると思わなくて流石《さすが》に目玉出そうになった」

「なんかごめん……」

「いやいや、市ヶ谷が悪いわけじゃないから。でさ、市ヶ谷言ったんだよ──『一緒にいて素でいられる人なら、性別はどうでもいいな』って。俺、それすげーかっこいいなって思って」

「ど、どこが……？」

「あたりまえにそう思えることも、それを言葉にできることも。やっぱり『異性を好きになる』って思うのが多数派の世の中なわけじゃん？　俺も市ヶ谷と同じ考えだけど、それをわざわざ言葉にはできなかったから。だからこの子かっこいい！　って思って、そっから目が離せなくなった」

佐藤くんにそんな質問をされたことも、その問いかけに自分がどう答えたかも覚えていなかった。けれど、自分の答えを聞いて、変わらないなと思った。

自分の容姿は好きになれなくても、好きなことには素直《すなお》でいたかった。

私のそばに、そんな人がいてほしかったのだ。

素でいられる人なら、ありのまま受け止めてもらえるのなら、性別はどうでもいい。代わりに私を私のまま受け止めてほしいと、そんな願いがこぼれ落ちてしまったのかもしれない。

「……べつにかっこよくなんかないよ」

「かっこよかったんだよ、俺にとっては。自分が情けなく思えるくらい」

こんな生き方、全然かっこよくなんかない。理想や願望ばかりが募っていくだけで、私は空っぽなままだ。

けれど、荒井くんは譲らなかった。彼は頑なに私をかっこいいと言い、凄《すご》いと褒めた。

外見のことで同じ言葉を掛けられたことはあっても、思考を褒められたことはなかったので、どこかそわそわして落ち着かなかった。

「コーヒーはブラックで飲んでそうなのに実はイチゴミルクが好きなところとか、黒が好きそうなのに文房具とかスマホケースがピンクだったりとか。あと、意外とゲーム好きだよな。俺とか佐藤がゲームの話で盛り上がってると、時々話したそうにうずうずしてたりとかさ。市ヶ谷のこと意識するようになって、いろんなことに気づいた」

私の全部を見透《みす》かされたみたいで恥ずかしかった。

十八年も生きてきて、こんなふうに暴《あば》かれるのは初めてだ。

荒井くんに言われたすべてに身に覚えがあることもまた、恥ずかしさを掻《か》き立てる。

イチゴミルクが好きだ。味はもちろん、パッケージもかわいいから。

文房具やスマホケースをピンクにしているのは、小物類であれば、もし万が一誰かに『市ヶ谷さんってピンク好きなの？』と意外そうに聞かれた時に、『友達からもらったから使ってるだけだよ』とつまらない嘘で誤魔化せると思っているから。

好きな色だと正直に言えない自分用に、逃げ道を作っている。

ゲームだって本当は大好きで、荒井くんに言われたように、佐藤くんたちがゲームの話で盛り上がっているたびに「わかる」と混ざりたくて仕方がなかった。

けれど、それは一度も実現することはなかった。

自分に貼られたレッテルを払拭したいくせに、〝周りのイメージ通り〟じゃなくなることを恐れている。

好きなことに正直でいられない。そんな自分の生き方は、あまりにくだらなくて、情けないと思う。

動揺して固まる私を余所《よそ》に、荒井くんは言葉を続ける。

「何が好きそうとか何してそうとかさ、そういうの勝手な偏見《へんけん》でしかないこともわかってるんだけど。でもいい意味で裏切られて、市ヶ谷のこと見てるとワクワクするんだ」

「……えっと」

「市ヶ谷ともっと喋りたいってずっと思ってた。俺にとってはそれが学校来る理由にもなってたし、卒業したくないっても思うようにもなったんだよ」

「まあ実際は全然話しかけられなかったけど」と言って荒井くんがシュンと肩を落とす。

友達と呼べる関係性ではなかったが、私と荒井くんは確かにクラスメイトだった。

英語の授業でペアを組んだ時、荒井くんは私のペンケースを「かわいい」と言ってくれた。「意外」も「らしくない」も言われなかった。

文化祭でうちのクラスがお化け屋敷をやることになり、背が高くて見た目がクールで迫力があるからという理由で幽霊役を任されそうになった時は「本人の意見聞いてからにしようぜ」と言って、私に選択の余地をくれた。

もっとも印象的だったことがある。三年生、秋の終わりのことだ。

写真部の活動場所は、美術室や音楽室、多目的教室が密集する本校舎の四階、廊下を通った先にある空き教室だった。

やる気も部員も足りない廃部寸前の部活とは言え、一応写真部という名前を背負っているので、廊下の壁には部員が撮った写真がいくつか飾られていて、そこには私が撮った、飛行機雲がふたつ交わっている空の写真もあった。

一年生の時、学校から借りた一眼《いちがん》レフを持って写真を撮りにでかけた際にシャッターを切った。

たまたま、偶然、目に入っただけだ。

特別空が好きなわけでもカメラが好きなわけでもないけれど、夕焼けに消えていく飛行機雲はやけに印象的で、気づいたら写真に収めていた、というわけである。

瀬戸先生は「気に入った写真があれば随時好きなように展示していい」と言っていたので、他の写真に替えるのも面倒で、私は三年間その飛行機雲の写真を展示し続けた。

「市ヶ谷、その写真なんだかんだ気に入ってんじゃん？　早いとこ持って帰れよ。じゃないと永久に飾られたままだぞ」

「……自分で剥がすのめんどくさいだけですよね？」

「そりゃあな。その一番右上のやつとか、俺が着任した時からそのままだから……五年前か」

「さすがにもう少しやる気だしてくださいよ……」

「なはは。言えてるわさすがに」

文化祭を終えたあと、瀬戸先生は飴玉を舐めながら適当な口調でそう言って笑っていた。

同じ写真を飾り続けたのは私だけじゃなかったみたいだ。写真部がやる気がないことで認識されているのは、瀬戸先生が顧問であることに根本的な原因があるように感じた。

とはいえ、さすがに永久に飾られたままなのは嫌だったので、その日、私はようやく三年間放置していた写真を持って帰り、引きだしの中に雑にしまったのだった。

「……あれ、なくなってる」

「何が？」

「ヒコーキ雲の写真、なくなってる。ここに展示されてたやつ……えー、展示終わっちゃったのかな」

その数日後。移動教室で本校舎の四階を通った時、荒井くんと佐藤くんが展示された写真の前でそんな会話をしているのをたまたま耳にした。

私が数日前に写真を剥《は》がして持って帰ったせいでぽっかりスペースが空いてしまっているそこを見つめながら、荒井くんが「まじかぁ……」とぼやく。

「そんなんあったっけ？」

「あったんだよ。誰が撮ったやつなんかなぁ、文化祭の時みたいに名前も展示してくれてたら良かったんだけどな」

「いやまず俺はその写真がわかんねえんだけど。もともと展示物とかあんま興味ねーからなぁ」

「まじか。いやなんか、すげー綺麗でさー……もっと見たかった」

私が勝手に都合良くとらえているだけなのかもしれないが、そう言った荒井くんはどこか寂しそうに見えた。

正直な話、写真を飾っても誰も見ないと思っていた。

私はカメラに詳しいわけでも、興味があったわけでもない。

ただ、楽そうだったから。人と話さなくて済みそうだから。

そんな理由で入部して、学校のカメラを借りて、詳しい使い方も知らないまま撮った写真は、剥がすのが面倒で三年間放置していた。

たまたま空を見上げた時に飛行機雲が浮かんでいて、たまたまそれが晴れの日の夕方で、ただなんとなく、ああいいなこの空って思っただけの、それだ。

「好きだったんだよなぁ、あの写真」

焦《こ》がれるように紡《つむ》がれたそれに、心臓をつかまれた。

「なんかちょっと寂しさもあって、でもすごい綺麗でさぁ。ここ通るたびに癒《いや》されてた」

「渉希って結構空とか好きだよな。意外」

「まあ、空って裏も表もねえからな。そこにあるのがすべてって感じして清々《すがすが》しい」

「なんだそれ」

「あー、瀬戸先生に聞いてみよっかなぁ、あの写真撮ったの誰ですかって」

なんとなくで撮った写真をこんなふうに褒めてもらう日がくるなんて思わなかった。

次の瞬間には「今日は学食何食う？」とお昼ご飯の話をしていた荒井くんと佐藤くんの後ろを歩きながら、私は恥ずかしさと嬉しさを必死に隠していた。

誰にでも平等で、優しくて、私を認識して、声を聞こうとしてくれる。

それはきっと誰にでもできることじゃなくて、彼が周りをよく見ていることを意味しているようにも思えたのだ。

その日、私は帰り道に百円ショップで写真立てをひとつ買って帰った。

彼が好きだと言ってくれたあの写真を大切にしたかったのだと思う。

あの時の私の心理は、私でもよくわからないままだったが、彼の優しさに触れて、孤独が解《ほぐ》れていくような気がしたのだ。

安っぽい木製の写真たてに、三年前の自分が撮った写真を入れて、机の上の、いちばん見えるところに置いた。

夕暮れの中で交わる飛行機雲は、確かにとても綺麗だった。

「俺の周りの友達、みんな良いやつなんだ」

過去の記憶を思い出していると、荒井くんが小さく声をこぼした。

「……え？」

「俺も、一緒にいるのは楽しいし、みんなでバカみたいにふざけるのも好きなんだけどさ。なんだろ、つらい時に頼れないっていうか。俺が勝手に線引いてるだけなんだけど、自分で一枚壁を作っておかないと怖くてだめで。人との縁《えん》が突然切れてもダメージくらわないようにしてる」

いつもクラスの中心で笑っている荒井くんも、そんなふうに思うことがあるなんて想像できなかった。「人を信用してないからなんだろうけど」と諦めたように笑う荒井くんの表情が、脳裏に焼きついて離れない。

「だから、市ヶ谷はすげーよ。ずっと俺の憧れだった」

荒井くんのまっすぐな言葉を正面からぶつけられて、胸が熱くなる。

憧れていた、なんて私には勿体《もったい》ない言葉だ。

だって本当は――。

「……私は、荒井くんが羨ましかったの」

憧れていたのは、私も同じだから。

周りにいつも人が集まっているきみのことが、とても羨ましかった。

ひとりでいるのは、昔仲良くしていた人にそれが向いていると言われたから。

本当は新しい自分になりたかった。けれど変われなかった。

ろくに青春をしないまま卒業式を迎えてしまうことが本当はとても悔しい。

この先もずっと変われないまま大人になって、誰かを羨んで生きていくことしかできないと思うと、私はそれがとても怖かった。

ひとりは寂しい。誰かと話をしたい。感情をわけ合って生きていたい。

大切な人を傷つけないために離れるのではなく、大事だからこそ話をするべきなんだ、きっと。

頭ではわかっているのに、ひとつも実行できないまま逃げている。三年間、誰にも打ち明けることのなかった本音《ほんね》は、夕暮れに照らされた教室にこぼれ落ちていく。

荒井くんと私はまるで正反対だ。

けれど、私が私じゃなかったら、荒井くんに興味を持たれることはなかったかもしれないし、荒井くんが荒井くんじゃなかったら、私は彼を羨ましく思うこともきっとなかった。

ないものねだりばかりで、ままならない私たちだったから、こうして今、話をしているのかもしれない。

「俺ら、ずっとお互いに憧れてたってこと?」

「……そうみたい?」

「ふ。もうすぐ卒業するのに今更そんな大事なこと発覚《はっかく》するって、変な話だよな」

荒井くんが笑うので、私もつられて笑う。整った歯並びと、覗《のぞ》いた八重歯《やえば》が印象的だった。

あーあ、と荒井くんが声をこぼす。頬杖を解き、ぐっと伸びをすると、彼は立ち上がり、窓に寄りかかった。逆光に照らされ、表情が見えづらくなる。

彼の身長を聞いたことはないが、一七五センチは優にありそうだ。女子の平均身長よりやや高い私と並んでも身長差がよくわかるだろう。

「なーんか、もっと卒業したくなくなっちゃったわ」

寂しさを含んだ声色だった。座ったまま、私は荒井くんを見つめる。

「せっかく市ヶ谷とこんなふうに話せたのに、もうすぐ会えなくなるなんてやだな。ホント、後悔ばっかり残ってる。それなりに青春してきたつもりだったけど、大事なことは達成できないままで情けねーわ。好きな女の子には好きって言えないままだったしさ」

「……荒井くん、好きな人いたんだよね」

「もしかしてバレバレだった？」

「いや……。前に佐藤くんたちとそういう話してるの、聞こえたことあるから。……ごめんなさい、盗み聞きみたいなことして」

「や、それ俺らの声がでかいだけだから。市ヶ谷が謝ることじゃないよ」

『渉希のやつ、最近気になる人できたらしいぞ』

荒井くんの周りに集まったクラスメイトたちがそんな話題を話しているのを聞いたことがある。

気になる程度で好きにはなってないとか、もっと話し掛けたいけどビビってるとか、告白はできる気がしないとか。いつのまにか、荒井くんの好意が確信に変わっていたことも、私は知っていた。

荒井くんに好かれる人はどんな人なんだろう。

荒井くんは恋人ができたらどんなふうに変わっていくんだろう。

私は彼と仲が良かったわけでも話をしたわけでもなかったが、勝手に想像してわくわくしていたのだ。

荒井くんのことを考えるのは、何故かとても楽しかった。

「いたっていうか、今も全然、好きなんだけど。すげーかっこいいんだよね。恐れ多いっていうか、俺なんかが隣歩けないって思っちゃうくらい。仲良くなりたいけど、隣の席で授業受けるのも緊張しちゃってそれどころじゃなかった」

「え？」

「いつのまに憧れ超えてたのか、自分でもわかんないや」

脈が速くなった。思考が絡まって、とどまった。汗がにじむ手のひらをスカートの上で握りしめ、私は荒井くんを見つめる。

――これは、今の今で都合よくとらえすぎ、かもしれない。

気づかれないように首を振り、自惚《うぬぼ》れた思考を吹き飛ばす。

「……市ヶ谷の頭蓋骨《ずがいこつ》、透明だったら良かったのになぁ」

ぽつりとこぼれた荒井くんの言葉が頭の中で反芻《はんすう》する。

「……頭蓋骨？」

「あ、いや。気持ち悪いよね、ごめん」

意味がわからなくて首をかしげると、荒井くんは言葉を続ける。穏やかな声色が心地良かった。

「例えばの話だけどさぁ。市ヶ谷の頭蓋骨が透明で、脳みそまで透けてたとするじゃん。喋らなくても市ヶ谷の行動とか思考に伴って、右脳が多く動いてるなあとか、今は左脳に頼ってたなぁとか、そういうふうにできてたとしたら、俺はもっとたくさん話しかけられたかもとか、ちゃんと仲良くなれてたかなあとか、思う。ばかみたいな話かもしんないけど」

「……思考を可視化できたら良かったってこと？」

「そう。あーでも、脳の動きがわかっても感情が見えるわけじゃないから変わんないんかな」

「どうだろう……」

「でもさ、透明だったら、今日までの後悔は今より少し減ったかもしんないよな」

――もし、頭蓋骨が透明だったら。

そうしたら私たち、今とは違う未来にいただろうか？

「じゃあまた。帰り、気をつけて」

「……あ、うん。また」

私と荒井くんは、短い会話を最後に校門で別れた。私とは反対方向に歩き出す彼の後ろ姿をばれないようにこっそり見送って、私も帰路につく。

——ああ本当、きみの頭蓋骨が透明だったら良かったのに。

もうすっかり暗くなった冬の夕暮れ。吐いた息が白かった。


卒業式を終えたあと私は、昇降口の前で写真を撮り合ったり、お世話になった教師や顧問に挨拶をする同級生たちの姿を、すっかり静かになった教室のベランダから見つめていた。

卒業式は、やっぱり面倒くささの塊だった。

堅苦しい文章をだらだら喋る校長先生の祝辞を聞くのも、ご来賓の皆様が挨拶するたびに生徒全員で頭を下げるのも、歌詞をまともに覚えていない校歌を歌わされるのも全部面倒で、だるかった。

半数が幽霊部員の部活で今更振り返ることは何もなく、顧問だからと言って瀬戸先生に改まって言うべきこともなかった。つい数分前、「元気でやれよ」と短いエールとともにモモ味の飴玉を貰ったくらいだ。

今日で最後なんだからもうちょっと高級なお菓子買ってくださいよといえば、最後まで贅沢《ぜいたく》なやつだなお前は、と笑われた。

「あ、そうだ市ヶ谷」

三年間で何度ももらったことのある飴玉。ブドウが良かったな、なんて贅沢なことを考えながらさっそく開けて口に含むと、思い出したように、瀬戸先生が私を呼んだ。

「お前が撮った飛行機雲の写真あっただろ？　『あれって誰が撮ったんですか？』って聞きに来たやついたんだよ。自由登校になる直前の時だったんだけど」

「飛行機雲、ですか」

「市ヶ谷だって教えたら、『そうだと思いました』ってさ。いや、いいね、青春だなって思ったよ俺は」

くく……と小さく笑う瀬戸先生に、私はなんて言っていいかわからなかった。

瀬戸先生に写真のことを質問したのは、きっと彼だ。

ひとりで消化しきれなかった、あの時の恥ずかしさと少しの嬉しさが思い起こされる。

「青春ってさ、きっとお前が思ってるほど大層なものじゃないと思うよ。思い出なんかないって言うけど、気づかないうちにそこらじゅうに落ちてるもんなんだよ。お前が拾いきれなかった分も、知らないところで誰かに拾われてたりする」

「……そう、なのかもしれないですね」

「はは、うん。なあ市ヶ谷」

——高校生活、どうだった？

卒業したら、瀬戸先生の声も顔もきっとそのうち忘れてしまうのだろう。

別れを惜しむ卒業生のなかに混ざり合えるような交友関係はもっていなかった。呼び捨てで呼び合えるような関係はひとつも築けなかった。容姿はそう簡単には変われない。

いつのまにかでき上がってしまった私の人物像だって、卒業を機に覆《くつがえ》されるわけでもない。

こんな日々を卒業したって、私はどうせ変わらない。

それでも今日、出たくなかったはずの卒業式に来たのは——。

「悪くなかった気がします」

瀬戸先生からの二度目の質問にそう答えると、先生は「今日もえらそうで何よりだわ」と笑っていた。

「市ヶ谷」

呼ばれた名前に振り返る。視線の先、左胸に私と同じ花を咲かせた荒井くんは、「卒業おめでとう」と柔らかな声で言った。

窓を閉め、自分の席に着く。荒井くんも同じように席につき、上半身を机に倒して顔を私に向けた。視線が交わって、心臓がどくりと鳴る。

「どうだった？　卒業式」

「……長くてちょっとだるかった、かな」

「わはは、俺も同じ」

何気ない会話すら緊張してしまう。

西日が眩しくて良かった。二人分の呼吸が響くこの空間が恥ずかしくて視線を逸らしても、西日のせいにできるから。

式が終わったあと、佐藤くんたちと「あとで店集合な」と話しているのを聞いた。仲が良かったクラスメイトで集まってカラオケに行くらしい。

こうして彼等の話にこっそり聞き耳をたてる機会もなくなると思うと、少しばかり寂しかったりもする。

カラオケに行くはずの荒井くんが目の前にいる。

まだ残ってたんだね、なんて白々しく言ってみようかと思ったタイミングで、私より先に荒井くんが開口した。

「市ヶ谷のこと、待ってた」

彼は、私を待っていたらしい。

その理由は、聞かなくてもわかってしまう。

「……荒井くん」

「うん」

「私も、荒井くんの頭蓋骨が透明だったら良かったのにって思ってる」

自由登校期間に入ってから一度も登校はしなかったが、私はずっと荒井くんのことを考えていた。

考えていた、というよりは、考えずにはいられなかったというほうが正しいかもしれない。

『市ヶ谷の頭蓋骨、透明だったら良かったのになぁ』

あの日、きみに言われた言葉が鮮明に残り続けている。

人間の思考を可視化できたら、私はもっと上手に生きられたかもしれない。

中学の時だって、私の頭蓋骨が透明だったら、ユイノやコハルに隠した気持ちをわかってもらえていたかもしれない。

言葉の代わりに脳みそが全部伝えてくれたら、みんな平和でいられたのかもしれない。

荒井くんの好きな人の話だってそうだ。きみの頭蓋骨が透明だったら、この自惚れが思い込みじゃないと自信を持って言えたのに。

――なんて、願ったところでかなうわけじゃないから。

「俺は、市ヶ谷のこともっと知りたい」

「……うん」

「今日でさよならするような関係じゃなくて、友達になって思い出もこれからたくさん作ってさぁ。イメージ通りじゃないところもわかっていたいんだ。そんでいつか、市ヶ谷が俺のこと好きになればいいって思ってる」

生憎《あいにく》私たちの頭蓋骨は頑丈で、脳の動きが透けて見えるわけじゃない。

こうして言葉にされるまで、私はきみの思考や感情を知ることはできないから。

――だからもっと話をしよう。

きみと隣の席になったことも、最後の登校日に交わした会話も、卒業式の日に友達になったことも、この先のどこかで思い出して懐かしめるように。

「……荒井くんと友達になりたいんだけど、今日からでもまだ間に合うかな」

微《かす》かな春を連れた風が優しく吹き抜けた。

荒井くんが嬉しそうに笑うので、私もつられて笑う。

整った歯並びと、覗いた八重歯が印象的だった。

君との四季

稲井田そう

目標　大学になるべく通う。　将来について考える。（一応）約束を果たす。

高校生活最後の年、桜吹雪の中、喜一憂する生徒達を横目にクラス表を確認したあの日から、私、波木透和《なみきとわ》には、嫌な予感があった。

脳内で留《とど》まっていれば良かった春の空想は、四月の終わり、とうとう現実のものとなってしまった。

「危ない！」

昼休み、立ち入り禁止の屋上。青空を図々《ずうずう》しく切り取る飛行機雲を眺《なが》めていると険《けん》のある声が響く。振り返るとフェンスの内側に、義野光成《よしのみつなり》が立っていた。

「はやくこっちに！」

こちら側、フェンスの外側に立つ私へ必死に手を伸ばす彼とは、今年初めて同じクラスになった。

顔も声も綺麗《きれい》で、女子からアイドル扱いされている。でも、本人は誰に対しても平等だ。家がお金持ちとかで、礼儀正しい……というか、やけにかしこまったような、変な話し方をするのも「他の男子と違う。かっこいい」と親しまれていた。人をまとめるのが上手《うま》くてスポーツも出来る、男子からも人気がある。いわゆる、人気者。

そんな人となんて関わりたくない。

「ただ、空を見ていただけだから」

私はおとなしくフェンスを越え、内側に戻ろうとした。けれど義野がこちらを助けようと手を差し伸べてくれたことで、バランスが狂う。

「うわ」

間抜けな声を出しながら、フェンスから屋上の硬いアスファルト目がけ落ちていく。

しかし、義野が私を受け止める形で支え――いや、下敷きになっていた。

「ご、ごめんなさい。怪我《けが》は？」

「なにも。それより、もう二度と死のうとなんてしないでほしい」

死のうとはしてない。けれど下敷きにしてしまった手前、強く否定しづらい。

「……っ……とにかく、今日はごめんなさい」

私は義野から退《ど》くと、頭を下げ、すぐにその場を後にする。

春の終わり、葉桜だけが堂々と風に揺れていた。

義野との一件があってから、私は屋上に近づかなかった。

人を一人、下敷きにしてしまった体験は、立ち入り禁止の張り紙よりずっと効果的だったからだ。

でも、昼食のときに教室にいるのは、中々にきついものがある。

友達とお弁当を食べるにあたって私の席を使いたそうにしている子がいる中で食べるのもしんどいし、クラス替えが始まって二週間経《た》ったくらいのこの時期は、三人グループの子達がペアとかグループ学習のときの助っ人要員として「丁度いい子」を探し求める時期だから、誘いを断り続けるのも苦しい。誘いを断り続けていじめられるのも嫌だ。

かといって、それとなく誰かと一緒にいるのも嫌。相手にも失礼だし。

それに、私には最も忌むべきものがある。

高校生活最後の思い出づくり。最後の体育祭。最後の修学旅行。最後の文化祭。

卒業まで残り一年というタイムリミットが訪れただけ、死ぬわけでもないのに、先生も生徒も皆口を揃《そろ》えて言う。

そういう「仲良しこよし」が私は一番嫌いだ。

だから私は、学校の最上階に位置する、外国語の授業の準備室のベランダでお昼の時間を潰《つぶ》していた。

聞こえてくる音は、放送部の微《かす》かな世間話と、校庭でサッカーをする男子の声だけ。程よく静かで居心地がいい。授業で使う以外は存在ごと忘れ去られたような場所だ。

「義野、そっちボール行った！」

ベランダでぼんやりと頬杖《ほおづえ》をつきながらスマホをいじっていると、聞き捨てならない名前が聞こえてきた。どうやら校庭のサッカーには、義野も混ざっているらしい。

視線を向けると、自陣のゴールそばから、一直線に反対側のゴールへ駆ける義野の姿があった。

羽が生えているみたいに軽やかで、風の抵抗なんて微塵も感じさせない。あんなふうに早く走れたら、生きてて楽しいだろうなと思う。走っているだけでどこにでも行けそうだ。素直《すなお》に羨ましい。

「義野脚力強すぎん？　フィジカルおばけじゃん」

「逆に出来ないことってある？」

近くで女子の声が聞こえる。少し身を乗り出して下を覗《のぞ》いてみれば、下の階のベランダで女子達が集まっていた。皆義野を見に来ているらしい。

彼女達に気づかれぬよう、私はそそくさと準備室を後にする。

高校では、絶対に誰とも関わらないと決めていた。

大学受験とか、青春とか。最も輝かしいらしい時間、誰かに影響されたくないし、したくない。

誰とも関わりたくない。

そんな私の切なる願いは、昼休みを挟んだ科学室での授業帰りに潰《つい》えた。

「命を粗末にするな」

移動教室の生徒で賑わう廊下の半《なか》ば、義野が私に声をかけてきた。ただ歩いているだけで、彼は簡単に注目を集めてしまう。私は周りの生徒に目をやりながら「何の話?」と小声で聞き返した。

「さっきの昼休み、上半身が完全にベランダから出ていた。僕はこの目で見た」

義野は、ベランダで彼を見物する女子達を盗み見していた私――というなんともややこしいところを目撃していたようだ。

ただ、その事実は致命的に曲げられている。

「あれは事故みたいなものだから」

「死にたいなら、相談してほしい。ほら、このポスターにもある」

義野は目の前にいる人間の話を聞かず、そばの壁に手を当てた。

人の心を落ち着かせるサーモンピンクに、いかにも仲良し、平和の象徴を連想させるイラストや、ポップに縁《ふち》取られた正論の言葉。ようするに自殺防止ポスターだ。

「ここにも書いてあるとおり、周りの人を悲しませることだ。やめたほうがいい」

同じような正しさや真っ直ぐさを持って義野は言うけど、私は死にたくない。

「私はただ単に教室にいたくないだけ。仮に、万が一、死にたくなったとしても友達でもない人に、相談なんてしたくない」

あえて感じ悪く言った。怒ればいいと思う。放っておいてほしいから。

「なら、これから仲良くなろう」

　なのに義野は平然《へいぜん》と笑った。

「は？」

「これから一年間、学校に通わなければいけないのに、教室にいたくないというのは辛《つら》い。僕と仲良くして、教室で過ごせるようになればいい」

「無理」

「無理じゃない。話したことなんて殆《ほとん》どないのだから、仲良くなれる伸びしろがある」

「伸びしろって……」

　無責任な言葉を聞き流しながら後ろを見れば、同じクラスの人達がゆっくりとこちらへ歩いてきていた。私は「とにかく無理だから」と、彼から逃げるようにその場を立ち去った。

　義野の「仲良くなろう」という発言は、ただの言葉のあやではなかったらしい。

　四時間目の終わりのこと。鞄《かばん》を持って席を立つより先に、目の前に義野が立った。

「一緒に食べよう」

　教室の皆は驚いた様子で私達に注目し始める。

一方、クラスの混乱を招いた張本人である義野は、私の鞄をじっと見つめ、心配そうな顔をした。

「どうした？　お昼がないのか？」

「いやあるけど……」

集中する視線から逃《のが》れたい一心で、私は廊下へ出た。義野は当然のようについてくる。挙句《あげく》の果《は》てに、「中庭のベンチはどうだろう」なんて提案してきて、私は鞄を握りしめた。

中庭のベンチなんて、さぞ光溢《あふ》れ、人で賑わう場所に違いない。そんな私の想定とは裏腹に、義野の指定した中庭は、人気《ひとけ》のない静かな場所だった。日当たりはいいものの、手入れのされていない花壇からは野花《のばな》が伸びて、よくいえば自然豊かな草原のよう、悪くいえば……無法地帯だ。

「この間、君が暗い表情で屋上から飛び降りようとしていたのがここから見えて……本当に驚いた」

「いや、あれは飛び降りようとしたわけじゃないって何度いえば……」

私はため息をついた。義野の視線に合わせると、この場所は校舎から離れた位置にあるから、屋上の、フェンスの辺りがよく見える。そして、屋上に設置された給水タンクにより、やや影が差していた。表情まではうかがえない距離で、たぶんあそこに立てば誰でも暗く死にそうな雰囲気《ふんいき》……に感じるのも、無理ないのかもしれない。

義野のこと、勘違いしてとか、思い込みが激しいと思っていた。けれど……その後に私がベランダで身を乗り出したのを目撃したということも含めれば、中々責められない気もする。

「っていうか、義野はあの日、なんでこんな場所にいたの」

率直《そっちょく》に言えば、不つり合いだった。この場所と義野は。

私が屋上でぼーっとしていたときは、昼休みで、普通は友達とお昼ごはんを食べている時間だ。その時間、なんでこんな場所に義野はいたのだろう。

「一人になりたいとき、よく来るんだ。落ち着くから」

そう言って義野は笑う。思えば彼はいつも人に囲まれているけれど、仲良くなろうと言ってきたときや、今日お昼に誘ってきたとき、彼は一人だった。意図的に人を避ける……瞬間があるのだろうか。

「そんなときが、あるんだ。義野にも」

「ああ。小テスト前とか……間違えられないときとか」

義野とは一年生と二年生のとき別のクラスだった。今年同じクラスになったばかりだけど、その成績の評判は聞いている。テストの後は、「またトップは義野だよ」と、話題になっていたからだ。

かといって、義野は一番に固執《こしつ》しているようにも見えなかった。でも、義野の「間違えられないとき」には、なんだか暗い響きが込められているように感じる。

「そうなんだ」

私はベンチに座り、お昼を食べ始める。移動したいけど、ここは人がいないし、廊下で義野に追い回されるよりましだ。私がランチバッグの包みを開いていくと、義野は平然と隣に座ってきて、お弁当を食べ始めた。


以降、義野は私に声をかけてくるようになった。

その都度《つど》、私は義野の話を早く終わらせることに努《つと》め、教室を出る。いわば彼を徹底的に避けていた。しかし不運なことに、止《や》みどきが見えない雨の降る放課後、私は義野のもとへ自ら赴《おもむ》くことになった。

「お、本を借りに来たのか?」

何の警戒もなしに図書室に向かうと、そこには義野がいた。図書委員ではないはずなのに、善意の暴君は貸出カウンターに座っている。

「なんでいるの」

「図書委員の代打だ」

「ふぅん……これ、先生が授業で使ったやつ。返却を頼まれたんだけど」

私は頼まれ物を義野に渡す。彼は代打ながら手慣れた手付きで返却処理を始めた。

「君におすすめの本がある。これだ」

返却処理を終えた義野は、ポジティブな言葉を集めた詩集と、人間関係に困ったときに読む本、霧がかった表紙に猫がいる本、クリーム色の海の本、救助隊の本、学校に行きたくない人間への教本、素直になれないときの会話術についての本の他、図書室に置いてある相談ダイヤルのカードを渡してきた。

「デリカシーがない」

ここまでデリカシーがないと、この男は以前、誰かの死因になったことがあるのではと疑いたくなる。私は本を遠ざけた。

用が済んだことだし、義野のいる場所に長居したくないと、踵を返す。

「じゃあ、私はこれで……」

「あっ、誰かいる?」

しかし、誰かが私の言葉を遮《さえぎ》った。カウンター席の後ろの扉から、司書さんが焦った様子で出てくる。

「丁度良かった!」

ホッとした顔の司書さん。なんだかとても、嫌な予感がする。

「悪いんだけど、今からちょっと出なくちゃいけなくて、しばらくいてもらえないかしら。図書委員ってもともと二人でするものなんだけど、今日、委員の子が二人とも休みなの。よろしくね」

「あ……私は……」

司書さんは私の返事を聞くまもなく、足早に図書室を後にした。義野は「頑張《がんば》ろう」なんて声をかけてくる。

司書さんに頼まれたことだし、仕方ない。

渋々、カウンターの中の席に座った。

「もうすぐ体育祭だな」

義野が暢気《のんき》に話しかけてくる。

「図書室は私語厳禁じゃないの」

「それは読書の妨《さまた》げになるからだ。けれど今図書室には、僕達しかいない」

なんなんだこの男は。「そうですね」と私は適当に返事をする。

「体育祭に出る種目は決めたか？ 女子は短距離走や綱引き、二人三脚があるらしいが」

「何もしたくない」

後、一ヶ月ほどで体育祭が行われる。クラス対抗で優勝を競い合うけれど、学年ごとに八組もあるから、当日はハチマキで誰がどのクラスか識別《しきべつ》するらしい。なくされても困るから、ハチマキには番号がふられていて、出席番号で管理される。でもハチマキを巻いているとき、そこに記された数字は見えない。故にそのハチマキを交換し合うのが慣例《かんれい》になっているらしい。友情でも恋情《れんじょう》でも、とにかく好きな人と交換するそうだ。学校側からすれば管理番号は入り乱れ、大変な慣例だとも思う。

「そういえば君は部活に入っているか？　部活動対抗リレーはどうだ？」

「中学からずっと帰宅部。帰宅部一筋《ひとすじ》」

「そうなのか。僕と同じだ」

「……え？」

私は思わず義野に振り向いた。

「どうしてそんなに驚いているんだ」

義野は眉間《みけん》にシワを寄せる。だって彼は、体育祭ではいつも活躍していたし、体育でチームを作るとき、男子は義野の争奪《そうだつ》戦をしていた。そのときの声が女子のほうまで聞こえてくるほどだったのだ。それに彼からは、とにかく早く帰りたいみたいな無気力さは感じられないし、何か大きな病気でも抱えているんじゃないかと疑う。

「なんでも得意なのになんで帰宅部なんだろうと思って……」

「なんでも得意……まぁ、悪い結果は出さないからな」

義野は謙遜《けんそん》しない。でも、義野は何でも出来るし、デリカシーに関することや善意の押しつけが酷いところとか、そういう内面的な問題さえ除けば、本当に完璧だ。謙遜すればとも思うけど、それも変な感じだし、難しい。

「じゃあ、なんで部活入らなかったの？」

「得意なだけで好きではないから」

義野は、淡々と言った。雨の雫が硝子《がらす》を伝うみたいに、すとんと。

「え……？」

「頑張ろうとは思う、ただプロになりたいとまでは思えない。そんな中途半端な気持ちでやっていたら、本気で好きな人間に失礼だろう」

「部活に入る人は皆プロになりたいって思ってるわけじゃないと思うけど……ただ、好きとか」

「その、好きがない。だから、入らない」

義野は言う。真面目《まじめ》で堅苦しい……とは思う。でもその真剣な眼差《まなざ》しに、少しだけ、すごいなとも感心したし、生きづらそうとも同情した。

なんでも出来る義野。完璧で、満たされている。そう思っていたけれど、案外、そうじゃないのかもしれない。デリカシーには、だいぶ欠落が見られるけれど。

「そっか」

私は相槌《あいづち》をうって、図書室のカウンターに並ぶカードに視線を向けた。どうやら義野は、貸出カードの整理をしていたらしい。私のクラスの貸出カードを名前順に並べながら、義野は振り向く。

「ほら、君のカードだ。僕のおすすめを……」

「嫌だ」

義野のすすめる本なんて借りたくない。

やがて義野は、私のカードの名前の部分を指した。

「君の名前」

「男子だと思った？」

透和。

とおかずとか、男子だと思われることが多かった。

今まで何十回と間違えられているから、私は先回りして問いかける。

しかし義野は首を横に振った。

「いい名前だと思った。澄んだ心に、穏やかさ、音もいい」

そして、幼い頃母が私に話したとおりの意味を口にする。

まさか言い当てられるとは思わなかった私はしばし黙って、少し間を置いてから頷いた。

「私もそう思う」

いい名前だと思う。

私には、勿体《もったい》ないくらい。

結局のところ、私は体育祭を休んだ。

授業の単位には関わってこないし、そもそも運動神経というものが死んでいるため、クラスに貢献《こうけん》出来ない。私より早く走れる人が私のぶんまで走るほうが、クラスの優勝確率は上がるし、実際私のクラスは義野の大貢献により逆転優勝というものをしたらしい。

前日が体育祭だったことで、いまだ余韻《よいん》の冷めない教室に居心地の悪さを感じ、授業が終わるのを待って教室を出た。昨日の快晴とは裏腹に空はどす黒い雲に覆《おお》われている。気が滅入《めい》る。こういうときは一人でいるにかぎる。

「どうして体育祭、休んだんだ」

完璧に気配《けはい》を殺して教室を出たはずなのに、義野が私を追ってきた。余計気が滅入る。疲れていた私はそっけなく答えた。

「……親の病気があるから」

口に出し、義野の表情が変わっていく瞬間を眺める。

私は定期的に病院に行く必要がある。そこで、医者から経過を聞かなきゃいけない。それも良くなっていますね、とかいい話じゃなく、この上なく悪い話をだ。気が滅入る。

親は病院に行く日が近づくたびに暗い顔をしているし、家の雰囲気も変わる。そもそも学校を休んでまで、私が結果を聞きに行くべきではないのかもしれない。それでも、日々少しずつ進んでいくものごとを、見ていかなくてはいけない。残された日々がどれくらいか、知るために。

だから思い出づくりが伴《ともな》う学校行事が最《もっと》も休むのに適した日だ。自分に関することはなるべく話したくなかったけれど、正直今は義野に構っていられないという気持ちもあるし、これ以上関わらないでほしいと警告する、いい機会だとも思った。

「そうだったんだな」

でも、義野があまりに傷ついた表情をしていて、視線を落とす。

「ごめん、話すべきじゃなかった。忘れて」

私は強く、強く心が刻まれるような、後悔を覚えた。

体育祭があったからなのか、屋上は閉じていて、空き教室のベランダはもう人がいた。その結果、お昼が食べられそうな場所は、義野に紹介された中庭のベンチだけ

だった。流石《さすが》に義野が来ることはないだろう。明日から別の場所を探さなければ……なんて考えながら、お昼を食べていると……、

「待ったか？」

待ち合わせ相手に言うようにして、弁当箱と緋色《ひいろ》の紐《ひも》を持つ義野が現れた。

「いや待ってないし……な、何しに来たの？」

「お昼を食べに」

平然と義野は返し、私の隣に座る。ああ、そうだこの男はデリカシーがない。ちょっと人の危《あや》ういところに踏み入れたところで、そのまま立ち止まることはしない。

「その赤い紐は何？」

私は呆《あき》れ顔で義野の持つ紐を指す。彼は「紐じゃなくてハチマキだ」と訂正した。

「最後の体育祭出られなかったぶん、せめてハチマキは巻いたほうがいいと思って」

そうして義野は私の手首にハチマキを巻いた。蝶々《ちょうちょう》結びのそれは、さながらリボンのようだった。

どうやら彼は、何らかの思い出を残そうとしているらしい。病気で旅行に行けない人に、旅先のお土産《みやげ》を渡す感覚……なのだろうか。

「このハチマキどうしたの」

「一度返却したものを、また貸してもらった」

私は自分の手首に巻かれたハチマキを眺める。行事系は不参加を貫《つらぬ》いていたから、初めて触る。

「……どうだ？　グラウンドにラインを引いて、君だけの短距離走をするかで悩んで……女子達はハチマキに固執している様子だったから、ハチマキにしたんだが……少しはいい思い出に加えられそうか？」

「別に私に思い出がなくても、義野に関係ないのに、どうしてここまで」

「関係はない……のかもしれないが、したいと思った。出来ることは、なるべく」

相手のためというスタンスでしてきてるのだとばかり思ったのに、まさかあっさり自己満足だと認めてくるとは……。

でも、同時に気遣われているとも思った。一人短距離走は、罰ゲームになるけど。

「思い出になるとは思うよ」

とはいえ義野が与えようとしてくれているものは、私に最も、必要のないものだ。

丁度いい機会だからと、私は話を続ける。

「……あのさ、ずっと言おうと思ってたんだけど……というか、ずっと言ってるんだけど……私死ぬ気はないから、友達とお昼食べなよ」

最近義野は、昼に皆の輪から抜けることが自然になっている。教室の移動とか、放課後とか朝の時間は友達に囲まれているけれど、義野が徹底的に私と昼を食べようとする。みんなは名残惜《なごりお》しそうに義野を見送っていた。

私も、義野も、互いに恋情はない。それをクラスの皆もわかっている。ひやかされたりはないけど、ずっと「どんな関係なんだろう」「なんでお昼を一緒に食べているんだろう」と、疑問の眼差しは常時投げかけられている。その眼差しが悪意に変わる前に、手を打つ必要がある。

「いない」

しかし義野が、初歩のところで首を横に振ってしまい、私は愕然《がくぜん》とした。だとすれば、彼がさっきの体育でチームを組んでいた男子たちや、言葉を交わしていた人達は何だという話になる。

「いないわけないでしょ。それとも表面上付き合ってるだけってこと?」

そんなことありえない。演技派どころか、とんだサイコパスということになる。

すると、義野は深刻そうに言った。

「僕は死のうと思っていないが、君がフェンスの向こうにいた日の夜に、思ったんだ。死にたいと思ったとき、誰に相談するかと考えて——誰もいなかった。でも、最近、気づいたんだ。今後死を意識したら、死のうとしていた君へ質問するだろうって」

「だから、死のうとしてるわけじゃないって……」

「百歩譲《ゆず》ってそうだとしても、僕は君と仲良くなりたい。こうして、出会ったわけだし。同じクラスになった以上、友達になりたいじゃないか」

その眼差しも、声も、鮮《あざ》やかな青空に伸びる飛行機雲のように、真っ直ぐで――鋭い響きを帯《お》びている。

「私は友達がほしくない」

続けると、義野は私の言葉に反して笑みを浮かべた。

「なら、僕と友達になりたいと思ってもらえるように頑張るよ」

涼《すず》やかで滑《なめ》らかな声に、唇を噛《か》む。

眩《くら》むほど日が差し込む六月の中庭で見た笑みは、爽やかで、憎らしいものだった。


夏休みが近づいてきている。

進路希望調査票をもとに三者面談が始まったり、五時間目と六時間目が希望の進路別に分かれた進路別講座になったりと、三年になると午後の時間割が不規則だ。

受験する人、就職する人、専門学校希望でほぼ進路が確定してる人、何も決められてない人――目的もそこに向ける感情もぐちゃぐちゃの教室は、ここのところずっと微妙《びみょう》な空気だった。揉《も》めてもないし、気まずくもない。特有の空気としか言えない、変な感じ。先生達は、「毎年こうで、夏を越えるとだんだん変わっていく」と言っている。

そうした居心地の悪さを抱えながら迎えた、夏休み前の終業式放課後。親の都合により行われた三者面談の帰り道、私は教室で、一人椅子に座る義野を見つけた。

「何してるの」

あまりにも深刻な表情だったからか、私はつい義野に声をかけてしまった。彼の机には何か白い紙が置かれている。

「居残り、だな。このプリントを埋めないと帰ってはいけないらしい……君は？」

「私は三者面談の帰り」

「親御《おやご》さんは？」

義野は、扉の側に立つ私の後ろを気にする。

「ちょっと揉めて先に帰ってもらった」

「どうして」

「親は進学希望。私はお金のことが気掛かりだし、親に迷惑をかけたくない。進学は希望しない。一騎打ち中」

義野はすぐ訊《き》いてくる。隠し事をするのは面倒くさい。はぐらかさず淡々と答えた。

「そうか」

綺麗事が好きな義野は、親に心配かけるな、とかやりたいことをやれとか言うんだろう。そんな想像をしていたからか、彼の反応に拍子抜けした。

「うん……」

私はなんとなく、義野の前の席に座った。「プリントって何？　頼まれごと？」と尋ねながら視線を向け、言葉を止めた。そこには白紙の進路希望調査票がある。

「これ出し忘れてたの？」

義野が忘れ物をするところなんて見たことがない。先生にあてられたところを間違えるところも見たことがない。テストだっていつも満点だ。デリカシーや心の機微《きび》が絡むこと以外で、失敗はない。思えば今日の義野は、いつもと雰囲気も違う。さっきも進路について、「そうか」の一言だけだったし。

「いや、書けない。決まってないと言ったらとりあえず埋めろと言われたんだが」

義野はややあって、「何が正解なのか、さっぱりわからない。将来したいことも」と、しおれた花のように言う。

――何かしたいことはないの？

そう聞く前に、私はハッとした。

思えば義野は部活に入ってない。特段興味があることはなく、故《ゆえ》に中途半端でいてはいけないと、帰宅部を選んでいた。

「……何を望んでるんだろう」

　義野がじっとプリントを見つめる。

「何が？」

「僕の進路、みんな、親も先生も、好きでいいと言うけど、失敗したくない」

　先生は、夏を越えると変わっていくという。

　でも夏を越えられない人はどうするんだろう。

　私はしばらく考えた後、第一希望に「わかりません」、第二希望に「夏に考えます」、第三希望の場所に「一日での決定は無理です」と、書いて、義野の鞄を掴《つか》んだ。

「帰ろ、義野」

「でも進路希望調査票が……」

「埋まったよ。分かんないなら仕方無くない？　答えなんて出ないし、これ夏休み明けもまーた新しく第二回とか第三回とかついてプリント配られるし、こういうプリントって進路についてちゃんと考えるきっかけ作りが目的でしょ？　どうやって空欄埋めるか悩み出した時点で学校の目的からは逸《そ》れてるじゃん」

　私は「教室出て」と義野を急《せ》かす。

　普段あれだけ強引な義野だけど、強引にされることに慣れてないのか、「わかった」とおろおろしながら立ち上がった。義野も私も今、らしくないなと思う。

進路がらみの微妙な空気感は、こういうところにあるのかもしれない。

普段茶化してふざけてばっかりの男子が専門学校のパンフレットを持っていたり、おとなしい子が推薦をもらうために、面接の練習を始めたり。この子そういう面があったんだとか、そういう驚きとか差異《さい》の温度差。

らしくない――なんて思いながら皆が途方《とほう》もなく進んでいて、大人で、自分はものすごく幼くて、止まったままと焦《あせ》って、行き止まりが目の前にあるような。漠然《ばくぜん》とした不安があるのに、最後とか言われて。

義野が学校から家までどうやって帰ってるかわからない。出身中学も知らない。とりあえず私は学校を出て、最寄り駅を目指してゆっくりと坂道を下っていた。

義野は私の少し後ろを歩いている。蝉《せみ》の鳴き声が響き、坂沿いに建つ幼稚園の花壇から伸びる向日葵《ひまわり》は、揃えたように太陽に向いていた。

「選ぶの悩めるのはいいことだと思うよ」

私は向日葵を眺めながら呟《つぶや》いた。同じ黄色、花びらも同じ形。区別なんてつかない向日葵の中ひときわ茎《くき》が高く大きく咲いている花は、太陽を浴びすぎてか縁が黒く滲《にじ》んでいた。

「進路希望調査票が埋められず、居残りになってもか」

人でも殺してきたみたいな暗い声だった。間違いやミスに無縁だと、居残りにも深刻なダメージを負うらしい。私は間違えてばかりだし、人に迷惑をかけてばかりだから、居残りになったくらいじゃなんとも思わないし、たぶん先生も義野にここまで思い詰めてほしくて居残りさせたわけではないだろう。進路を適当に考えて後から後悔する生徒が出ないよう、受け皿として設《もう》けた機能が、最悪な形で作用しているだけで。

「いいと思う。義野は選択肢がいっぱいあって、そこから何しようか選べる状態だと、思うから。悩むのも無理ない。それに、先生とか、親とかの希望を知りたいわけでしょ?」

「……ああ」

「親とか先生の期待に答えても良いって思ってるなら、なおさら悩むよ。悩んでいいし、ひとつの悩みにそこまで潰される必要ないって。将来したいこと決まってないなら、大学とか入ったら今度そっちで悩むだろうし、無理にしたいこと見つけるより、将来選択肢を狭《せば》めないざっくりしたものを選んだっていいと思うよ」

今日の義野の様子や、帰宅部選択の動機《どうき》を見ていると、彼はひとつひとつのものごとをしっかり受け止めて、それで苦しんでいるようだから、悩みがつきることはないと思う。デリカシーがないのに変なところで繊細《せんさい》だし、彼の容姿《ようし》や能力による注目が、苦悩にさらなる時間制限を設けている……気がするし、断定的なことは言いづらいけど。

「ありがとう」

私自身も正解を探しながら言葉を選んでいると、義野が立ち止まり、静かに言った。

「ありがとうなんて言われる必要はない」

「いや、自分一人なら思わないことが知れた」

「……私は、進路を選ぶ側じゃない。大学進学かとか、進路を選べる義野がすごく羨《うらや》ましいと思う。その、嫉妬《しっと》が混ざった言葉だから……というか、あんまり他人の言葉、しっかり受け取らないほうが良いよ。聞いて、すぐ忘れたほうが良い」

特に私の言葉は。

付け足すには遅くて、向日葵を背にした義野は「ありがとう」と穏やかに笑った。


夏休み前、私は義野と一緒に最寄り駅まで帰るという間違いを犯した。

けれど、その後は当然長い休みが始まる。義野がこの夏休みにクラスの皆に誘われ、思い出づくりで予定が埋まるのは知っていたし、あわよくば義野の妄想……私の希死《きし》念慮《ねんりょ》に関してどうにか忘れていてくれないかと思っていた。でも——、

「良かった」

始業式の朝、学校の廊下を歩いていると、突然後ろから手首を掴まれた。なんだと

振り返れば義野で、彼は私の顔を見るなりほっとした顔で肩を落とす。

まだ時間が早いけど、課題が終わってない人たちが登校してきている。早めに朝起きれるなら夏休みが始まる前に朝登校してやっておけば良かったのに……と思っていた罰が下ったのか、義野が私の腕を掴んでいることで、私は最も求めぬ注目に晒されていた。私は腕を離さない義野を連れ、人気のない廊下に逸れる。

「突然腕掴んできたり、一体なに？」

「いや、生きててくれて、良かった。嬉しいというか、安心して」

言っていることが大げさなわりに声は真剣で、私のすべき反応は、茶化すことが最適解なのに、「なんで」と不機嫌そうに返すことしか出来ない。

「始業式の前は自殺が多いらしい。学校に行くのが嫌で、学校から逃がれるために、自分の命すら手放してしまうそうだ」

「ああ……夏休み最終日に」

夏休みの終わり、自殺が増えるらしい。

家に居場所がなければ夏休みは地獄になる。でも、学校だけが辛い場合、夏休みは一時しのぎの休息、気休めになる。

でもそのぶん、またあの苦しみに戻るくらいなら――と、思うかもしれない。家と学校、両方辛い場合でも……何らかのきっかけにはなるだろう。家が辛くて学校まで始まってとなるのかは、わからないけれど。そもそも私は、死にたくないし。

「春も増えそうだけどね、自殺」

卒業のほか、新しい生活が始まるとされる春だけど、これから先の未来が見えなかったら、もう無理だなと思って死にたくなるかもしれない。物事の節目の季節だし。

そんな風に、さりげなく私についてから話題を逸らせるべく試みるけれど——、

「君が死んでいたらどうしようかと思った。僕は君の連絡先を知らないし、学校に聞いてもよほどのことがない限り連絡先なんて教えないと言われた」

しかし義野は容赦《ようしゃ》なく話題を戻し、さらに怖いことを言う。彼は学校に私への連絡を求めていたらしい。この調子では、もし彼に連絡先を教えていたら昨日一昨日《おととい》とスマホの通知が埋まっていたかもしれない。

「他人の生き死により自分の進路について考えなよ」

「それは決まった。いや、正確には決まってないんだが……選択肢の多い学校を選ぼうと思う。やりたいことが、決まったときのために」

進路について言う義野の声音には、終業式の日のような虚《うつ》ろさはない。

「……いつか、後悔してでもいい、これがしたいと決められたらいいと思う」

「そうだね」

私も義野が、やりたいこと、したいことが見つけられたらいいと思う。最初はどう

か関わらないでくれと思ったし、今も思ってるけど。それでも、なんとなく放っておけない。

「教室に行こう」

義野は私に歩くよう促《うなが》してくる。でも、これで一緒に戻るのもなんとなく嫌だ。変に噂《うわさ》されたくない。

「トイレ行く」

私はさりげなく、先に教室に行ってと促した。

しかし、義野は足を止めた。

「わかった。待ってる」

全然わかってない。何ひとつわかってない。

「いや女子トイレのそばで男子が待ってたら行きづらいでしょ」

たぶん気遣ってくれたんだろうけど、致命的にデリカシーがない。義野はあまり納得出来ていないようだが、やがて頷《うなず》いた。

「なら先に戻ってる」

「うん」

「生きてくれて本当に良かった」

念を押すように義野は言う。

私はただ、「あっそ」とだけ答えた。

どうやら義野は指定校推薦を受けられるらしかった。帰宅部とはいえ運動部では助っ人として登場し、文化系の……作文コンテスト、スピーチコンテスト、俳句に短歌まで受賞歴には事欠かない。

歩き出せばどこにでも行ける男、それが義野光成だった。しかし彼は、クラスの輪の中心と私のそばを往復している。それは、最後の学校行事となる文化祭――の少し前、夏休み直後でもなく、かといって先延ばしにすると文化祭や受験の面接時期とかぶる、なんとも微妙な都合により設定された修学旅行でも、同じだった。

「どこにいるかと思って探した」

ややこわばった声に振り返ると、義野が立っていた。他の学校の修学旅行生も加わって賑《にぎ》わうお土産屋さんでも、彼は目立つ。

「……今は班で固まる時間ではないでしょ」

修学旅行は、一泊二日。一日目はクラスで博物館を見たり、講演を聞いたりだった。二日目の今日は、午前は班で文化財巡りをした。後はお昼まで自由時間で、お昼にこの辺りで一番大きなバスターミナルに集合し、クラスで食事、バスで帰る予定だ。修学旅行の班は、義野光成の采配《さいはい》により、私は彼と同じ班になってしまっていた。

「でもこの辺りは高台だ。柵も脆《もろ》そうだし」

義野はお土産屋さんの外にある柵を指した。皆、景色がいいと写真を撮っている。一応卒業アルバムのためのカメラマンさんもいるけれど、みんな好きなように自撮りしていた。

「だから何？　っていうかあそこの柵、文化財だからね。歴史あるものだよ。脆いとかだいぶ失礼だからね」

注意すると、義野は柵を一瞥し「確かに失礼だった」と頷く。こういうところが律儀というか、なんというか。

「で、何？」

「あそこから飛んだら楽に死ねるとか考えてないか、心配だった」

彼は修学旅行に似つかわしくない物騒《ぶっそう》なことを言うと、私が持っていた籠《かご》を覗き込んだ。

「クッキーサンドにチョコレート……？　キーホルダーとかポストカードとか残るものは……」

「……食べ物でいいよ。残るものなんかいらない」

「どうして？　キーホルダーとか見て、ああ、そういえば修学旅行でこういう場所に行ったな……とか、思い出すものじゃないのか」

「もしかしてご当地キーホルダーとか集めてる人？」

「行った場所のものは、部屋に並べてる」

「……もしかして日記とかも？」

「当然だ。毎日あったいいことは、残しておきたい」

「へぇ……」

「どうだ君も、今日から」

私の気のない返事に、義野はご当地キャラクターが描かれたリングノートを指した。

「嫌だよ。日記なんて。自分が書いたものがいずれ誰かに読まれる可能性を思うだけで地獄じゃん。絶対書きたくない」

「でも、良かった日々とか、何気ない幸せとか、忘れていくのは勿体ないと思わないか？　後で見返すことも楽しいはずだ」

「……はぁ」

適当な返事をして、私は雑貨売り場に視線を向ける。そこには義野の友達がいっぱいいて、合格祈願《きがん》の受験生向けストラップで盛り上がっていた。

「っていうか、義野も一緒に買ってきなよ。合格祈願ストラップ。指定校でも面接とかあるんでしょ」

義野が指定校推薦で受ける大学は、学内で一人しか推薦枠がなく、ようするにとても頭のいい大学に、面接と小論文だけで行けるというのは、受験の中でもかなり羨ましい位置だと思う。

指定校推薦はまず校内選抜があるらしいけれど、噂によれば義野は校内選抜の、本当にギリギリに滑り込んだようだった。だからなのか、義野が大学を決めたというだけで、少し教室内がざわついていた。夏休み前から指定校推薦を狙っていた人にとっては、予期せぬこと……だったのかもしれない。それになんとなく義野は指定校推薦ではなく受験というか、いっそのこと海外の大学に留学するようなイメージがあったし。

「そういうのは自分の努力で受かるもので、願うものではないから」

そんな義野は、正論でこちらを無下《むげ》にしてくる。

デリカシーのなさだったり、この押しの強さや頑《かたく》なさがあるのに、義野光成は好かれている。最近義野を慕《した》うクラスの人達は、どうかしてるんじゃないかと思いはじめてきた。

「……自由行動なんだし友達のところ行きなって。そのうちブス専ってあだ名つけられるよ」

義野は、からかいの対象にもなることなんてないだろう。けれど、義野は修学旅行生の注目を浴び、私ももらい事故を起こしている。軽い気持ちで言った。しかし彼は目を丸くした。

「ぶすせんとはなんだ」

「……私といたらかわいくない子が好きだって思われるってこと」

「どういうことだ。君はかわいいだろ」

義野はデリカシーがない。同時に声がよく通る。この男は大きな声で何を言っているんだ。

心臓がばくばくしてきて、私は言葉を失う。

しかし、それがいけなかったらしい。途端《とたん》に義野の目つきが鋭いものに変わった。

「……なんだ？　容姿について誰かに何か言われたのか。いじめられているのか？」

早口で、怒りが滲んでいた。義野は道徳モンスターなんて思っていたけれど、妙な雰囲気に茶化すどころか恐怖を覚え、私は慌てて首を横に振った。

「い、いや、いじめられてなんてないから」

「君は嘘をつくじゃないか。死のうとしてないなんて言って、翌日ベランダにいたり」

「いや、本当に違うから。鏡見て、自分で、普通に思うことだから」

「意味がわからない」

義野は切り捨てるように言う。なんで私は今、言いわけしているみたいになっているんだ。

「……わかったからとにかく出るよ」

私は義野の腕を掴んで、そのままレジに向かう。会計を済ませてお店を出ると、義野は「ああ」と間抜けな声を発して、こちらに何か差し出してきた。

「残るものとして、これがある。思い出にしてくれ。予備として買ったんだ」

義野はストラップを差し出してきた。

「いや、いい。一緒に行った人からお土産もらうとか意味わからないし」

「でも、食べ物ばかりでは味気ない」

義野はストラップを押し付けてきた。そして、最悪は続く。

「ん？」

義野がふいにそっぽを向いた。つられて同じほうを見ると、私と義野の視線の先にいたのは、修学旅行に同行し、卒業アルバムを作るカメラマンさんだった。この一泊二日、私はずっとこの人を避けていた。写真に写らないようにだ。しかしカメラマンさんは修学旅行の思い出を残すのが仕事。笑顔でこちらに進んでくる。

「あっ、撮るよ～」

修学旅行生の対応に慣れ、男子のひやかし、女子のじゃれつきをものともしないカメラマンさんは、手慣れた調子でこちらに近づいてくる。あろうことか義野は「ぜひ」とカメラマンさんに同調した。

「やめてよ写真なんて絶対嫌だ」

カメラマンさんに失礼がないよう、私は義野だけに言う。彼は思案顔をした後、首をかしげた。

「君はいつもより活発に動いていると思っていたが、カメラマンを避けていたんだな」

「言い方が怖いよ」

「緊張しなくても大丈夫だ。二人で撮ればいい。一人じゃないなら恥ずかしくないだろう」

また、義野の中でストーリーが組み上がってしまっている。

被写体にされるのも嫌だけど、義野といるところが写真でのこるのも嫌だ。クラスアルバムにでも使われれば、女子の標的にされるだろうし、クラスアルバムが出来上がるのなんて卒業間近だから、時限爆弾になってしまう。そんな時差攻撃受けたくない。

「ほら、ピースわかるか。人差し指と中指を立てるんだ」

「さりげなく馬鹿にしてこないで」

「大丈夫。これから慣れていこう」

義野は私の肩を掴み、ぐんぐん進む。手慣れたカメラマンさんに、仲良し団結モンスターの義野光成。ようするに実力が段違いの二人を前に、私は手も足も出ない。

結局、学校の集合写真や何らかの証明写真と見間違うような私と、やけに楽しそうな義野光成という恐ろしい写真が、この世界に生み出されることになってしまった。


廊下を眺めていたり、教室から窓の外を眺めていたり。

きちんと見ているはずなのに、毎日の景色であるはずなのに、いつの間にか桜は散るし、木は緑色になったかと思えばもう暖色に染まっている。気がつけば枯れて失われ、感傷《かんしょう》に浸《ひた》るまもなく廊下は凍《こご》えるほど寒くなり、季節的にも受験的にも容赦のない冬とともに、文化祭準備が始まった。

私のクラスの出し物は、お化け屋敷だ。生物室の暗幕も借りるけれど、周りの光を遮るために黒く塗ったダンボールを用意したり、準備は多い。ロッカーと椅子、机や黒板だけのシンプルな教室には、赤い絵の具つきの生首や、不気味な人形が転がって、日増しにおどろおどろしくなっている。

クラス皆、放課後に残って、少しずつお化け屋敷の準備をする。

私の役割は、黙々と黒塗りのダンボールを量産することだった。

「ペンキ足りないな……明日買い出しをして、いや今日の作業に間に合わないか」

義野光成は文化祭委員ではないものの、委員同然に仕切り、率先して動いている。

文化祭の時期になると、なんとなく胃が重い。文化祭前の準備の雰囲気は好きだけど、準備開始から一週間が経過した頃から、文化祭一週間前くらいに発生する小規模の諍《いさか》いが特に苦手だった。中学生の頃は文化祭のイベントの一部として合唱コンクールが一緒に行われていたが、コンクールを行事の一環として捉えている生徒と、吹奏楽部で本気で優勝を目指している生徒の温度差で教室の雰囲気が微妙なものになったりして。合唱コンクールが諸悪《しょあく》の根源《こんげん》くらいに思っていたけど、文化祭単品でも、仕事の割り振りとか、誰がサボってるとか、そういうことで、諍いは起きる。

でも今年、その居心地の悪さを感じずに済むようだ。義野光成の采配により不和もないし、スケジュール進行も問題ない。

「最後の文化祭かぁ……嫌だなぁ、文化祭終わったら受験って感じになるだろうし」

作業をしながら、誰かが言う。「だねー」と、皆しんみりした返事をした。文化祭当日が迫っているということは、受験も近づくことに等しい。

「義野、受験で文化祭休むって本当？」

べったりとしたペンキでダンボールを塗っていると、男子が義野に声をかけた。私のまわりにいた女子達が「えっ」と声を上げる。

「あ、休む。面接があるんだ」

なんてことのないように義野が言った。義野は今日に至るまで、文化祭委員の隣で、下手をすれば文化祭委員以上に、準備に取り組んでいた。体育祭の野球部の頑張りようとか、それこそ合唱コンクールのときの吹奏楽部の熱の入れよう以上に、はりきっている。

だからこそ、文化祭前だというのに教室はおどろおどろしくなっているし、雰囲気も良かったのに。義野が文化祭に来ないとは。

「え、じゃあ義野、参加出来ない文化祭のために今まで頑張ってきたの？」

「……参加出来ないからこそ、今まで以上に頑張りたいって思って」

義野は朗《ほが》らかに笑う。そこまで言われてしまえば、クラスの人達は何も言えない。

最後の文化祭なのに。

そう言いかけて、皆口をつぐむ。けれど、ふいに同じクラスの男子が険しい顔で教室に入ってきた。「おい、お前どこ行ってたんだよ」と、義野のそばにいた生徒が訊《たず》ねる。

「先生と話してた」

そう言って、険しい顔の男子は教室を出ていこうとする。

「待てって、文化祭の準備してけよ。お前、いつもいないじゃん。義野なんて行けないのに頑張ってるんだぞ」

他の生徒が続けて、険しい表情の男子を責めた。しかし、責められた本人は、「受験があるから」と足を止めない。

「皆だって受験あるのに残ってんだよ」

「黙れよ。こっちは夏前から指定校、ほぼ本決まりだって言われてたのに！　突然外されたんだよ。光成のせいで！」

険しい表情の男子が、静かに義野を睨《にら》んだ。

指定校推薦は、受けられるだけで、ほぼ受かったも同然だ。その分、枠は少ない。

どうやら彼は、義野が希望した指定校推薦の枠を狙っていたらしい。

私はとっさに義野を見る。彼は驚いた顔で、視線を彷徨《さまよ》わせた。

「完全に八つ当たりだろうが」

「指定校外れたのなんて一人じゃないじゃん」

「そうだよ！」

皆、義野をかばう。やがて男子生徒は乱雑に扉を閉じながら、教室から出ていった。

「気にすることないよ義野」「あいつ最低だよね」「皆、受験あるのは同じなのに」と、皆は続けるが、義野は男子生徒の去っていったほうを見つめている。

「ちょっと出てくる」

義野は暗い顔で教室を出てしまった。私は思わず義野を追う。走られたらどうしようかと思ったけれど、彼は存外《ぞんがい》ゆっくりな足取りで廊下を歩いていた。

「義野……」

声をかける。義野はこちらに振り返り、「どうした？」と聞いてきた。

「どうしたって、どうしたもないけど……なんていうか、自殺防止」

私はしばし悩んで、廊下に貼られているサーモンピンクのポスターを差した。

「しないよ。する理由がない」

「義野は私がそう言っても信じなかった」

「今も、中々信じられない。なんだか君は、遠くに行ってしまいそうな気がするから」

「くだらない。人はいつか死ぬんだよ。それが早いか遅いかだけで」

だから、大丈夫。でも、私は人と関わりたくない。関わることを、恐ろしく思う。

いつかいなくなってしまう。失ってしまう。その悲しみに耐えられなくなるから。

そんな悲しみを自ら進んで増やすなんて、狂気の沙汰とすら思う。

「……やはり、君とだけだ。生きることについて話が出来るのは」

「屋上で会ったから？」

私が言うと、義野は力なく笑う。しばらく夕暮れの廊下を歩き、色々言葉を選んでから、私は覚悟を決めて口を開いた。

「指定校推薦のこと、気にしなくていいと思うよ」

「え」

「もともと、受験の枠は決まってるものだしさ。完全に八つ当たりだと思う。テレビとかで見たよ。なんか、増えてるんだって。羨ましいと思う人に攻撃するのとか」

嫌な話だなと思う。嫌がらせは従来、馬鹿にしてる人に対して行われることが多かったらしいけど、最近はもう、そういうことすら関係なくなってきているらしい。

義野は芸能人じゃないけど、悪意の対象になったのかもしれない。

「気にしなくていいよ」

私は念を押す。

他人の心に影響したくない。

そう思っていたけれど、少しでも義野の心が、軽くなってほしかった。


気にしなくていい。

そんな言葉は何の意味もない。救いにならない。

だって気にしてしまうから苦しいのだから。

怪我をしている人に怪我をするなと声をかけるようなものだ。

治療にもならないし、予防にもならない。まったくもって無駄だった。

ようするに、私は文化祭準備のあの日、義野を追いかけたけれど、声をかけていないも同然だったのだ。あの日私は、何も出来なかった。

そのことに気づいたのは、文化祭の当日の朝だった。

「おはよう」

そう、義野は笑う。

「どうして、いるの……」

登校すると、教室に義野がいた。皆どこか騒然《そうぜん》としながら、戸惑った様子で義野を見ている。皆がいる前で義野に自分から話しかけたことなんて殆どない。準備のときに追いかけた後、注目を浴びたことで金輪際《こんりんざい》教室で義野に話しかけるのはやめようと思っていた。でも、声をかけずにはいられない。

だって今日、義野は指定校推薦の会場で、面接を受けているはずなのだから。

「……やっぱり文化祭、出たくなって」

義野がまた、なんてことのないように笑う。

そんなはずがない。だって、文化祭に出られないからと準備を頑張っていたのだから。そのスポーツが好きじゃないからと、選手になりたいわけじゃないからと、彼はいつだって真面目に、真面目すぎるくらいに物事を考えて悩む人なのに。

間違えることを極端に嫌うはずなのに。そう考えてハッとした。

彼は土壇場《どたんば》で進路を変えた。そして結果的に、最有力候補だった生徒を蹴落とした形で、枠におさまった。そのことを、「間違い」だと判断したのか。

周りの生徒は、どこか気まずそうに義野と私を見ている。

でも、いてもたってもいられず、私は義野の腕を掴んだ。

「え」

「走って！」

この三年間、一度も出したことのない音量で、私は義野に言った。

そばにあった義野のリュックを掴むと、そのまま教室を出ていく。

義野は私に引っ張られるように足を動かして、私は昇降口を目指す。

「受験票は？」

「……え」

「受験票は持ってる？」

「持ってるけど……」

なら、ぎりぎり間に合うかもしれない。下駄箱で靴を履《は》き替え、もたもたする義野の足から無理やり上履きを引っこ抜いて、乱暴に靴箱からスニーカーを出す。

「履いて！」

「なぜ」

「履いて!」

私の大声に、義野は驚きながらも圧倒され、靴を履く。そのまま私は義野を引っ張った。

「義野歩きで学校来てる?」

「いや今日は自転車、ど、どこに行くつもりだ?」

「自転車どれ?」

「これだ」

駐輪場で義野が青色の自転車を差した。

「乗りたい。貸して」

指差す自転車の前籠に、私は自分のリュックを入れた。義野は戸惑いながらも鍵を外す。

「義野は後ろ乗って」

私は自転車に乗った。二の足を踏む義野をむりやり引っ張り後ろに乗せ、走り出す。

「二人乗りは違反だぞ」

義野は驚きながらも声を荒らげた。

「知ってるよ! そもそも私は自転車なんて乗りたくないんだよ」

私はすかさず言い返しながら、最寄り駅を目指して風を切る。

「走れているが」

「走れた上で乗らないって決めてたの！」

文化祭も、参加する気はなかった。

でも義野が出ないことで何か起きたら嫌だなと、午前だけ少し参加して、さりげなく帰ってしまおうと思っていたらこのざまだ。義野と関わるとろくなことにならない。

「……どうせ土壇場で指定校推薦受けたこと間違ってるって思ってたんでしょ」

「どうしてそれを」

「今までさんざん道徳モンスターと対峙《たいじ》してきたから分かるよ」

「道徳モンスター？」

義野は自覚がないらしい。自覚のない化け物だ。

「言っておくけど指定校推薦義野がすっぽかしたところであの男子が受かるかなんて分からないし、そもそも指定校推薦でやらかしたらあとの代から枠がなくなったりするんだからね」

「……あ」

耳に、義野の声がかすめた。

どうやら、その後のことすら考えられない状況だったらしい。

私は全力で自転車を漕《こ》ぎながら尋ねた。

「なんでそんなに、正しさに執着《しゅうちゃく》してるの」

我ながら嫌な聞き方になってしまったと思った。でも義野の挙動《きょどう》を見ていると、「執着」という言葉がふさわしい。

「……飼っていたから」

「何を？」

「鶏《にわとり》……クラスで、小学校の頃」

一方の義野は、たどたどしい話し方だった。私が嫌な聞き方をしたというより、悪《あ》しき罪を自白するような調子だ。

「僕が一番世話をしていたと思う。鶏が卵を産むと、先生は僕にくれた。僕は、家に持って帰ったりした」

「……もしかして、世話忘れて殺したとか、そういう話？」

「いや、もともと老いていたらしい。人間でいう老衰《ろうすい》で死んだ」

ならばどこに正しさにこだわる要素があるのだろう。

疑問に思っていると、義野はややあって続けた。

「クラスの皆は、泣いていた。たぶん一番近くにいた当たり前の存在が失われたことに、悲しみを覚えたのだと思う。でも……僕は泣けなかった……泣くことが出来なかったんだ」

その声音は、鶏が死んだことより、泣けないこと自体に苦しんでいるようだ。

「別に泣けなくても……」

「でも、クラスの皆は泣いてた。先生は、命は大切だから、泣くのは当たり前のことで、悪くないって言ったんだ。でも僕は……悲しんでいる様子を見て……やっと悲しいことなんだと、理解出来たくらいだった。皆が悲しむのはいけないことだから、良くないと思う。そんなふうに感じた自分が、怖いと思った。自分の、善悪の判断が、人とは違うのかもしれないって」

「義野……」

「僕は、悪くなりたくない。心ないことはしたくない。でも少し間違ったら、何か、とんでもなく悪いことをしてしまう気がして、怖い。それこそ、取り返しのつかないような……」

義野の声は、今まで聞いた彼のどんな声より、弱々しい。彼の真面目であるべきという理念や、生きづらさを感じるような正義感の根底には、何か人生の正しい場所から逸れたら、絶対にだめになってしまうという不安があったのかもしれない。

義野の先生からすれば、たぶん、授業中に泣いちゃっても仕方がないよ、程度の励《はげ》ましだったのだろうけど、義野はたぶん、もともとの気質、自分だけクラスと皆と違ったショックから、重く受け止めすぎてしまった。

「じゃあ、今日文化祭に来たのも、間違いだと思ったから？」

「今日を境に、他者を蹴落として、自分が優位に立つことになんとも思わない人間に、知らずしらずのうちになってしまったら、どうしようと思った」

「……そんな人間が屋上で手なんか伸ばさないでしょ」

自転車を漕ぎながら、私はため息を吐いた。

義野は、間違えてない。でも私は間違えた。気にしなくていいなんて言ったことで、この事態を招いてる。自転車なんて漕がなきゃいけなくなったし、義野との関わりが増えた形だ。

義野を後押しするために、今度こそ。

「あのね義野」

私は前を見据えながら言う。

「なんだ」

「正しくなくていいよ。生きてれば、絶対間違うときがあるんだよ。誰かを傷つけることだってあるんだよ。でも生きてていいんだって。誰かの犠牲になり続けることが正しいなんて、絶対に違うよ。協力とか支えるとか、一方的にすることじゃないんだって」

「……でも」

「失敗したって大丈夫だよ。本当にしちゃいけない失敗だって、たしかにあるよ。人の命に関わることとかさ、でも、義野の正しい正しくないって、もう二度と戻ってこない時間を使ってまで自問自答しなきゃいけないことなの？　義野は極端な例を見てるんだよ。大切なものをなくして泣けなくても、人殺しになんてならないし、犯罪だって犯さない。誰も責めるべきじゃないよ。たとえ心がなくたって、自分で自分のことなんにも分かんなくても生きてていいんだよ」

自分で言っていて、正しいのか、励ましになっているのか、わからない。

いや、言いたいことはひとつだけだ。その伝え方がわからない。もどかしい。どうやったら、何を言えば彼の心に届くのだろう。もどかしくて、どうにもならないまま、駅についた。私は自転車を降りて、義野を真正面から見据えた。

「間違えても、失敗しても大丈夫だよ。義野。そのままでいても、変わっても、絶対大丈夫だよ。どんなふうになっても、いいんだよ。義野」

私は義野の手を握った。今まで、義野に触れるのは、彼を移動させるためだけだった。

でも今は違う。この気持ちが、伝わってほしい。この手から、温度から、わかってほしかった。理解してほしかった。

大丈夫だって。

義野は大丈夫だって。

「いいんだよ、義野。義野は絶対大丈夫だから」

念を押すように言う。

何度も、何度も。

「どんなに間違っても、いいんだよ。正しくなくて、失敗したって」

「……」

「だから、試験受けな。遅刻を受け入れてくれるかわからないけど」

そう言うと、義野はしばらくして、駅のほうに振り向いた。

「……わかった」

「帰ったら、駐輪場の料金払ってね。他から見れば、私がこの自転車の持ち主みたいだから」

私は駐輪場にあった防犯カメラを指した。その下には、踏み倒し禁止と警告がある。

茶化しているのに義野は真面目な顔で頷くと、私を見据えた。

「……早く行ってって。駅の中までは自転車こげないよ」

「……俺は、君の力になりたい。生きていたいと思える存在になりたい」

なにを言うかと思えば。私は首を横に振った。

「死にたいと思ってないから大丈夫です。それより本当に、早く行きなって」

「君が抱えている苦悩を、いつか、君の口から聞ける存在になりたい」

「無理。一生ない」

「話したくなるまで、ずっと待ってる」

「……勝手にすれば」

義野は扉を閉じても閉じても勝手に突破してくる。だから最近、拒むのも面倒に思えてきた。

どうせ待ってたところで、義野に「私について」を話すことはないし、話す関係にもならないし、そうなるまでには卒業する。卒業すればどうせ会わない。お互いのこともいつか忘れる。

「わかった。ありがとう」

なのに義野はお礼を言ってきて、私は返事をせず、彼を見送った。


結論からいえば、義野光成は大学に受かった。指定校推薦による面接を蹴ろうとするなんてとんでもないことをしても、大学側は義野光成を求め、高校側も義野を擁護《ようご》した。安心した反面、この世界はどうかしているとも思う。

一方の私はといえば、通信制の大学に通うか……と土壇場の進路変更が起き、その影響で全部のスケジュールがめちゃくちゃになった。義野のせいだ。

そうして、受験シーズン真《ま》っ只中《ただなか》に突入し、センター試験に向けて勉強する子が欠席し始め、受験が終わっている組は便乗《びんじょう》して休みと教室の空席が目立つ中、義野はずっと登校して、文化祭準備のときに揉めた男子とも和解したみたいだけど、私は色々忙しくしていて、結局、私が彼と顔を合わせたのは文化祭からとんで卒業式当日となった。

卒業式は桜のイメージが根強いけど、実際のところ三月の最初に桜は咲かない。たいてい三月の下旬だ。でも今年に入ってからは異常気象で大雪が降ったり大雨が降ったり、かと思えばとんでもない暑さが襲ってきたりと、私のスケジュールと同じようにめちゃくちゃな天気だったからか、なんと桜が咲いている。皆は最後だから、と校門の前で桜を背に最後の記念写真を撮っていた。

私は、今自分が着ているブレザーに触れる。

最初は、どんなに多く見積もっても三年しか着ないのにと、値段ばかりが気になっていた。でも、たしかにこれを着るのも今日で最後か、なんて教室の中で思う。

「今日も写真は撮らないのか」

同じようにブレザーを着る義野が訊ねてきた。

卒業式の後、話があると声をかけられ、置いて帰ろうとしたけど結局最後の最後まで押し切られた形で今に至る。

「撮らない。ただでさえ恐ろしい負の遺産があるから」

「負の遺産？」

義野は眉間にしわを寄せた。

あれは、私にとっては、一生の不覚だ。唯一の負の遺産といっていい。だからこそ、忘れてもらったほうがいい。

「それで、話って何？　付き合うとか恋愛に関することなら絶対聞きたくないから」

自意識過剰。それで済ませられるなら、それに越したことはない。

でも、卒業式に二人きりで話があるなんて、想像がついてしまう。それはもう、孤島の屋敷に男女が集められ、外との通信手段が遮断《しゃだん》され、「これから何が起きるでしょーか」とクイズを出されているくらいわかりやすい。結末は惨劇だ。

「悪いがそのとおりだ」

しかし義野は負けてくれない。

退路を塞《ふさ》いでバリケードを張っても、それをよじ登ってくる。

「やめな。義野にはもっといっぱい、いい人がいる。義野を大切にしてくれる、すごいかわいい子とか、将来有望な子が」

「君以外に、一緒にいたいと思えない。君と離れることが辛い、どうしようもなく」

切羽詰《せっぱ》まって、もがくみたいな声に、どうしようもなく胸が締め付けられる。

「いつか忘れるよ」

「忘れられるわけがないだろ」

唸《うな》るように義野が言った。

「君のことを、忘れられるわけがない。君がしてくれたことを、言ったことを忘れるなんて、ありえない」

怒りすら帯びた強い感情に、申しわけなさを覚える。でもここで折れるわけにはいかない。義野と私は違う。義野は何にでもなれる。私は何にもなれない。あまりにも不釣り合いだ。義野と私は。

これから先、義野にはいくらでも素敵な出会いがある。

「大学が忙しくなって就職で苦労して忘れるって。それに、まだ出会って一年しか経ってない相手と、一生のことなんて考えられない」

なるべく、冷たく言う。

それが、正しいことだから。なのに。

「……なら考えてもらえるよう頑張る。これから」

義野は私の拒絶を、簡単に返してくる。

いつかのときと同じように、屈託なく。ああ、義野はこういう人だった。

空気が読めなくて、察するのが下手で、こちらが閉じた扉を平気で開いてくる。ここまで言われたら、どうしようもなかった。

「……何回か一緒に桜が見れたら、考える」

私はそう言って、いつかのときみたく、義野に背を向け歩き出した。

桜が吹雪いている。前は、桜を見ていると、青い空にかかったノイズみたいだなと思っていた。でも、綺麗だなと思った。

卒業式に桜が咲いていて、良かった。

この学校に入学出来て、良かった。

この一年、同じクラスで、一緒に過ごせて良かった。

そのまま、義野のほうへ振り返らずに、桜並木をゆっくり歩いていく。来年も同じ桜を見れたらと、ほんの少し願う。

私は義野光成と会えて良かった。心からそう思う。

最初は、災いか何かだと思っていたし、ちょっと嫌いなくらいだったけど。

私の人生に、義野光成が現れてくれて、本当に良かった。

義野光成と出会えて、幸せだった。

そこで、日記は終わっていた。

「僕も、同じ気持ちだ」

義野光成は、半ば呆然《ぼうぜん》とした気持ちで、それまで読んでいた日記帳を握りしめる。

『義野光成と出会えて、幸せだった』

そう書いてくれた存在が。自分も同じように、出会えたことに幸せを感じた存在が。

もうこの世界にいないなんて。

今日知ったすべての真実が受け止めきれず、見慣れた文字をただ眺めることしか出来ない。

卒業式から、一ヶ月が経った日のこと。光成のもとへ、学校から連絡が入った。

指定校推薦で多大な迷惑をかけた経緯《けいい》についてか、忘れ物をしたから、それとも、一切の連絡交換を拒否した波木透和と、また一緒に桜を見るために同窓会の画策《かくさく》をしていたから、そのことについてか。

様々な想像をした光成に、学校側は「波木の母から繋《つな》いでほしいと連絡があった」とだけ伝えた。

波木ではなく、病気らしいその母からの連絡。以前自分がどうしてもと伝えても、他の生徒の連絡先は情報漏洩《ろうえい》の観点から伝えられないとの一点張りだったのに。不思議に思いながら、聞いた電話番号に連絡した。

そうして向かった波木透和の家で、義野光成は、病気だったのが波木透和本人で、彼女がこの世を去ったことを知った。

「病気がわかって、生活に制限が出来たの。でもあの子、自分でもいっぱい、病院の先生が止めるくらい、自分で制限をしていたの。いつ倒れてしまうかわからないから、人に迷惑をかけないよう、電車は乗らないようにしてたり、自転車に乗らなかったり、行事を休んだり……いっぱい自分に制限をかけていたの」

見てほしいものがある。そう言って日記を渡してきた波木の母が、力なく笑った。

「自分の痕跡《こんせき》を残さないようにって。写真とかも、撮らないようにしてた。でも、貴方《あなた》との写真があって、この日記は、ちゃんと残ってて」

日記とともに、保管されていたらしい写真に視線をうつす。

そこには光成が透和と撮った写真があった。

光成はカメラマンからデータをもらい、現像したものを修学旅行の後に透和へ渡していた。透和は「責任持って処分する」と言っていたが、とっておいてくれたらしい。

「あの子、私達に迷惑をかけたくないと、治療のたびに暗い顔をしてたわ。大学を受けないのか聞いても、入学金が無駄になるって。親孝行出来ないから、そのぶんお金貯めてなんて言うの。でも、通信制の大学をね受けて、バイトしながら通う予定だったの。入学金、分割支払いが出来るところ見つけたからって、言って」

進路について、光成はずっとどうしていいかわからない不安を抱えていた。彼女自身前に進むと言われても歩き方すら知らぬ中で、透和は寄り添ってくれた。は否定するだろうが、光成にとっては、透和は道標《みちしるべ》だった。

「こうして日記を残したままだったってことは、最後まで生きるの、諦めてなかったんじゃないかと思うの。その日記を勝手に読んでしまって、貴方に渡してしまうなんてあの子はきっと望んでない。絶対怒るわ。あの子クールそうに見えるけど、結構、怒りっぽいから」

光成は透和を呆れさせたり、怒らせる事が多かった。

もしかしてそれだけ心を開いてくれていたのかもしれない。

そんな期待をして、写真を眺める。

「怒りにきて欲しい」

波木の母が言う。光成もだった。

怒っても、呆れても、なんでもいいから。会いたい。

「ありがとうね。透和と仲良くしてくれて」

しばらくして、波木の母が声を震わせた。

「お礼を言わなきゃいけないのは、僕のほうです」

義野は立ち上がる。行きたい場所があった。どこに進んだら良いかわからない。お手本どおりにしか進んでいたくない。そう思っていた。でも、初めて自分から、行かなければと思った。行きたいと思った。

「あの、彼女は今、どこに」

波木透和の眠る霊園は坂の上にある。

卒業式に桜が咲き、しばらく経った。最寄り駅のそばの木々は青々しく茂っていたのに、駅から遠ざかるにつれ、木々は緑葉から花びらに変わっていく。

狂い咲きと呼ばれる現象を見ながら、義野はまるで卒業式の再演が行われているようだと思った。

一歩ずつ坂道を登って、波木透和の眠る場所を目指す。

病に侵され、立ち上がることが出来なかった彼女がずっと握りしめていたという、ストラップを、握りしめながら。

出会ってから、波木透和はいつだって自分の前に立っていた。

風になびく黒髪、少し気だるげで冷めた瞳。日焼けのない肌。淡々とした声。

呼びかけると、面倒くさそうにしながらも、必ず振り返って足を止めてくれていた。

「置いていくなんてひどいな」

やがて光成は、波木透和の眠る墓の前にたどり着いた。

腰をおろし、ノートに記された神経質そうな文字をなぞる。
この一年、ずっと、ずっと光成の視線の先には、波木透和がいた。
春は、死のうとしている人間を止めるために。
今思えば、自分の正しさにただただ巻き込んでいただけだったかもしれない。
けれど、夏の始まり、波木透和の痛みを知った。
季節がひとつ終わる頃に、光成の抱えていた枷《かせ》を、透和がとってくれた。
秋に木々が染まるように、感情は変わった。
冬に手を差し伸べられ、新雪が硬度を増すように、自分の気持ちが定まっていった。
入学式の日、波木透和は言ったらしい。
卒業式に出られるかわからないから、たとえ生きていても欠席すると。
でも波木透和は、卒業式に出た。
『……何回か一緒に桜が見れたら、考える』
思い出を残したくない。それでもストラップを、写真を持っていてくれた。
日記の折り返しの部分には、今後の目標が記されていた。
その全てが、あの卒業式での答えになっているのではないかと思う。
だから、光成は言った。
「僕も、君のことが好きだ」

へたっぴなビブラート

加賀美真也

私たちに涙は似合わない。
この別れは終わりではなく、新たな道へ繋がる始まりの別れなのだから。

高校生活は長いようであっという間だった。楽しい時間ほど早く過ぎるというのは事実らしい。とりわけ彼と出会ってからの一年は目が回る日々だった。

　卒業証書が入った筒《つつ》を片手に、私は校門横の壁に体重を預ける。塀のすぐ向こうにはまだ咲く気配のない桜の木が寒そうな恰好《かっこう》でそびえたっている。卒業と言えば桜を連想するのだけど、現実はただただ枯《か》れた枝葉が虚《むな》しく伸びているだけだった。

　それでも寂しさを感じないのは他の生徒や小綺麗《こぎれい》な恰好をした保護者たちの賑《にぎ》やかな声が周りに溢《あふ》れているからだろうか。あるいは卒業式という特別な日がもたらす空気感が理由だろうか。それとも――。

「凛《りん》！」

　背後から私を呼ぶ声。反応するように口角《こうかく》が上を向いた。振り返ると、私より頭ひとつ分も背が高い彼――成世《なるせ》一《はじめ》が立っていた。

「悪い、先生たちと話してたら遅くなった。寒くなかったか？」

「ついさっきまで中に居たから今は平気」

「なら良かった。あれ、凛の母さんは？」

「先に車で待ってるよ。ちょっとはじめと話すって言ったら『彼氏くんとの時間を邪魔しちゃ悪いからね～』ってニヤニヤしながら引っ込んでいったよ」

「それならあんまりダラダラは喋《しゃべ》れないな。待たせちゃ悪いし」

「そだね。別に今日で会えなくなるわけでもないし、少しだけ喋ってから帰ろっか。はじめもこの後サッカー部のみんなとご飯行く約束してるんでしょ？」

「おう」と短く言ってはじめは私の横に並んだ。

「なんか、時間ってあっという間に過ぎるよなあ」

「私も同じこと考えてた。だって付き合ってもう一年以上だよ？　凄《すご》いよね」

「ほんとだよ、出会った当初の凛はあんなにツンツンしてたのに、今じゃデレデレだもんな。時間の経過は恐ろしい」

「恥ずかしいからやめて！」

「ははっ、悪い悪い。あ、てかどうだった？」

主語のない質問に私は「何が？」と訊《き》き返す。

「校歌。結構声出して歌ったから凛にも聴こえてただろ？」

「目立ってたよ。ビブラートかけまくりだったから余計にね」

「おっ。俺のビブラートに気付いたか。凛に教えてもらってから毎日練習してるからな。凛的にはどうよ、俺の渾身《こんしん》のビブラート」

「甘口評価と辛口評価どっちで答えたらいい？」

「じゃあ辛口で！　ずばっと頼む！」

「へたっぴだった！」

「ぐはっ！」

やっぱりか、と言わんばかりにはじめは顔をくしゃくしゃにして笑った。短髪で彫りの深い男らしい顔立ちをしているはじめだけど、笑った顔は無邪気な子供のようで可愛《かわい》いと思ってしまう。

「くうー。へたっぴな歌を大声で響かせていたのか俺は……。せっかく未来の歌手に歌教えてもらってんのに情けない……」

「そう？　恥ずかしがって全然声を出さない人よりかはずっとかっこいいと思うよ」

「でもへたっぴなんだろ？」

「うん、へたっぴ」

「ならフォローになってねえよ！」

鋭いつっこみに思わず声を出して笑ってしまった。

だけど私は嘘《うそ》はついていない。重要なのは技術よりも気持ちだ。拙《つたな》くても懸命に歌っているのならその想《おも》いは誰かに届く。少なくとも私には届いていた。

「ほら、はじめは未来のサッカー選手なんだからもっと堂々として！」

「よっしゃ、任せろ！」

「いや、切り替え早っ！」

今度は私がつっこむ番だった。

ひとしきり笑い合い、それからはじめはふと真面目《まじめ》な顔で「やっぱ、凛が彼女で良かったわ俺」と歯の浮くようなことを言い始めた。

「え、どうしたの急に」

「別に落ち込んでたわけじゃないけど、凛と話してるとなんか元気出るんだよ。頑張《がんば》ろうって思えるというか。だから、いつもありがとな」

それは私の台詞《せりふ》だ。悲観的な私とは対照的に、はじめは常に前を向いて生きている。私が枯れた桜を見て寂しそうだと感じるのなら、はじめは「綺麗な花を咲かせるための準備期間なんだろうな」なんて考えるのだろう。ポジティブなその思考はいつだって私の心をはじめと同じ方へ向かわせてくれる。サッカー選手を目指して一心不乱に励《はげ》むはじめを見ていると私も頑張ろうと思えるんだ。

「私、はじめの夢応援してるよ。いつか絶対プロのサッカー選手になってね」

「おう！　だけど一個訂正。俺はプロになるんじゃなくて、プロになって世界一の選手になる、な」

「ふふ、そうだったね」

「凛も頑張れよ！　俺だって凛の夢を応援してんだから」

「任せて。私も歌手になって世界一に輝くから」

私の宣言に、はじめは「約束な！」と白い歯を見せて笑った。少し前の私だったら世界一なんて言葉を聞いても「現実的じゃない」だとか「私には無理だ」とか、多少前向きに捉《とら》えても「精々日本でちょっと有名になるのが関の山」だとか、そんなことを考えていたに違いない。

だけどはじめのおかげで私は変わることができた。

世界一の歌手になる。それが今の私の大きな夢だ。

「大学は別々だけどこれからもよろしくね」

「ああ。しばらくはお互い忙しくて会えないかもしれんけど、次会う時までに歌も上《う》手《ま》くなっとくから覚悟しとけ！」

「じゃあ次会う時はまたカラオケデートかな？」

「だな」

ああ、好きだなぁ。

離れ離れになる寂しさはあれど、不思議と不安感はなく、会えない時間さえも自分を磨く機会として捉えられる。恋人がはじめでなければあり得ない価値観だ。

「てか、悪い。そろそろ行かなきゃだ。ごめんな全然話せなくて」

「ううん、大丈夫。未来のチームメイトたちなんだからそっちも大切にしてあげて。私はもう充分すぎるくらい大事にしてもらってるから」

彼と過ごす時間はいつだってあっという間だ。もたもたしていると桜が開花してしまいそうなほどに。でもそれでいい。時間が早く過ぎてくれればそれだけ再会も早いのだから。

「じゃ、行ってくる！」

「うん、いってらっしゃい！」

小走りで去っていくその背中が見えなくなるまで私は手を振り続けた。

「あ、そういえば第二ボタン貰《もら》うの忘れてた……」

校門前で独り呟《つぶや》く。一瞬だけ落胆《らくたん》した後、すぐに「まぁいっか！」と切り替えた。ボタンなんて今度会った時に貰えばいい。はじめが私の立場ならきっとそうする。だから私も小さなことでは気を落とさない。悲観的な私からはもう卒業だ。

そうだ、はじめが居てくれれば私は前を向ける。どこまでだって行ける。

私ははじめのことが好きだ。

鼻歌混じりに校門をくぐり、私の高校生活は幕を下ろした。

それから僅《わず》か二時間後のことだった。はじめが事故で死んだと知らされたのは。

※※※

彼との出会いは高校二年の夏休み前、とある放課後だった。

当時から歌手を目指していた私は、音楽の教員と親しかったおかげで日々雑用を請け負うことを条件に放課後の音楽室を利用させてもらっていた。ある時は荷物運び、ある時は授業で使う資料作成等の手伝い。そしてその日、雑用の一環《いっかん》として先生は「三波《みなみ》さん、ある生徒に歌を教えてあげてほしいの」と私にお願いをしてきた。

その生徒こそ、成世一だった。

聞けば、彼は度重なる赤点により単位が危うい状況だったのだそう。

音楽室を使わせてもらっている身としては断るわけにはいかず、人見知りだった私は内心怖気《おじけ》付きつつも彼に歌を教える運びとなった。

しかし正直な話、出会った当初の私は彼に苦手意識を持っていた。

「よろしくっすー」

それが初対面時の彼の挨拶《あいさつ》だった。いくら同学年とはいえ、話したこともない別クラスの男子にそのようなフランクな挨拶をされたとあっては、人見知りとして萎縮《いしゅく》せざるを得なかった。

私は彼のような所謂《いわゆる》「陽キャ」と呼ばれる人種が苦手だった。制服を着崩したり髪の毛を染めたりと、とにかく浮ついた印象を彼らに抱いていたから。彼の場合、服も毛髪も浮ついてはいなかったものの、「よく言えば気さく、悪く言えば不真面目」といった雰囲気が滲み出ていて、やはりどこか軽薄《けいはく》な人間だと当時の私は根拠もなく思っていた。

「よ、よろしくね成世くん」

「そんなに硬くなんなくていいって！　三波だっけ？　同い年なんだしもっと楽しく緩《ゆる》くいこうぜ！」

「う、うん……」

に、苦手だ……！

人見知りの私にとって彼の距離の詰め方は恐怖の対象でしかなかった。けれど仕事として請け負ったからには逃げ出すわけにもいかず、渋々ながらまずは発声の基礎を彼に説明することにした。

しかし私の説明はどうやら退屈だったらしく、彼は音楽室の窓からぼんやりとグラウンドを眺《なが》めていた。「あー、早く補習終わらせて俺も練習混ざりてぇ」と愚痴《ぐち》をこぼしながら。

元々警戒心を抱いていたのも重なり、彼の態度に私は内心辟易《へきえき》としていた。私だって歌の練習をしたい気持ちを抑えて教えているのだから、せめて聞く態度くらいは改めてほしいのだけど。

あの頃の私は焦《あせ》っていた。歌手になるために日々練習に励み、理論を学び、それでも思うように結果が実らず、溜《た》まっていたフラストレーションは八つ当たり的にそのまま彼への苦手意識として転嫁された。

「ちゃんと聞いてる？」

微《かす》かに語気を強める私に、彼は「聞いてる聞いてる。これが腹式呼吸だろーっ」とお腹《なか》を膨らませてみせた。正しい呼吸方法ではあったけれど、だからこそ彼の不真面目な態度がどうしても好きにはなれなかった。

「なら試しに一曲歌ってみて。伴奏《ばんそう》弾《ひ》いてあげるから」

「おう、任せとけ」

彼の歌はとても真面目に話を聞いているとは思えないレベルだった。声量だけはあったものの、音程もリズムも壊滅的。ただ音楽に合わせて叫んでいるだけだ。

「もういい、もういいから。やめて」

とても聴いていられず、途中でピアノを弾く手を止めてしまった。

「どうだった？　俺の歌」

「へたくそだった」

「ひっでえ」

嫌悪感を隠せなかった。音楽を汚《けが》されたような気分だった。

翌日も放課後になると彼は音楽室に現れた。

「今日もよろしく」

流石に悪いと思ったのか、前日ほどふざけた雰囲気ではなかったものの、それはそれで最初からそういう態度で臨《のぞ》めなかったのかと憤《いきどお》りを感じずにはいられなかった。

そうした日々が期間にして二週間近く続いた。

その二週間で私と彼の間には大きな溝が生まれていた。何から何まで私とは価値観が異なり、いつも私の説明よりもグラウンドに意識を向けている。そういった歌への不真面目な態度は歌手を目指す私にとって看過《かんか》できないものだった。

「俺はいつか世界一のサッカー選手になる」

彼は度々そんなことを口にし、それがますます溝を深めていった。

世界一なんて軽々しく口にすべきではない。それは極限までストイックで、夢のためにあらゆるものを犠牲にできる人間だけが唱えることを許される言葉。

彼の声は私の耳には「世界一になるために練習がしたいです。だから補習を終わらせてください」と夢を盾に懇願《こんがん》してきているように聴こえていた。

「いいから、早く歌って」

私は彼に対して必要以上に不愛想《ぶあいそう》だった。

どうせ世界一なんて口だけで、本心ではプロを目指してすらいないのだろう。私は彼の内面を深く知りもしないのに偏見《へんけん》だけでレッテルを貼り付けてしまっていた。

そんな彼への印象が一転したのはとある休み明けの日のことだった。

「どうしたの、その足」

音楽室にやってきた彼の足元を見て私はいつも通り不愛想に言った。

「ちょっと怪我《けが》しちまってさ」

土日の部活で足を痛めてしまったらしく、彼は右足首をギプスで固定していた。

「ってわけで、しばらく部活出れないから今週は集中的に補習頼むわ！」

彼は歩きにくそうに右足を引きずりながら窓際の席に向かった。痛々しい所作《しよさ》に反して軽快そのものな口ぶりに私は内心呆《あき》れ果てていた。

ほら、世界一なんて口だけじゃないか。本気で世界を目指しているのなら今頃悔しくて仕方がないはずなのに、そんなに余裕そうな態度をとっているのだから。

けれどふと彼の顔を見た途端《とたん》、私は自らの浅はかさを痛感した。足元ばかりに視線がいって私は見落としていたのだ、彼の目が赤らんで腫《は》れていたことを。

「……あ」

私は強く自分を叱責《しつせき》した。泣き腫らした後のようなその目元が何を物語っているか、私は誰よりもよく知っている。彼の目は、オーディションに落ちて失意に暮れている時の私とそっくりだった。

「……悔しいね」

思わず呟いた。それは彼に向けた言葉でもあり、ままならない現実に打ちひしがれている自分にも向けられた言葉だった。

「……ああ、悔しい」

彼は机に頬杖《ほおづえ》をつき、憂い気にグラウンドを眺めていた。いつものふざけた態度とは違う深刻な表情。

どうしてかその時、私は初めて成世一という人間と会ったような気がした。

「ねえ、ちょっと訊いてもいい？」

「なんだ？」

「世界一のサッカー選手になるって、あれ本気？」

「本気」

いつになく真剣な表情で彼は言った。

「憧れなんだ」

「憧れ？」

「ああ。うち母親がすげえ厳しくてさ、テレビも漫画もゲームも全部だめ。小学生の頃から塾ばっかでろくに友達とも遊べなかったんだよ。んで、小三の頃に俺を気の毒に思った父親が夜中にこっそり俺を連れ出して近所のスポーツバーでサッカーの中継を見せてくれたんだ。ニュース以外で見た人生初のテレビがそれだった」

そう言って、彼は子供のように目を輝かせた。

「すっげぇ、かっこよかったんだよ！　生まれて初めて鳥肌が立ったっていうかさ、日本代表のエースが点を取った瞬間に選手も観客もバーの客もみんな大盛り上がりして、何より汗だくなのに選手の顔が活《い》き活きしてて、それで思ったんだ。俺もあんな風になりたい……！って」

彼の目は輝いていた。その瞳も、憧れからくる輝きも、私はよく知っている。断じて軽い気持ちで世界一という言葉を使っていたわけではないのだと、私はその時ようやく彼の熱意を理解した。

「私もそうだよ」

気が付けば私は彼に同調していた。同じだ。私が歌手を目指し始めたのも憧れが始まりだった。物心ついてすぐにテレビで見た歌姫があまりにも美しくて、あまりにも力強くて、私もこうなりたいと心の底から願ったんだ。

あの日からずっと、私の夢は歌手になることだった。

私は彼への評価を改めなければいけない。いいや、自分が抱いていたのがいかに偏見塗《まみ》れで芯を捉えていなかったかを認めなくてはいけない。彼の雰囲気や立ち振る舞いから、深く知りもしないのに内面を決めつけてしまっていた。

「……ごめんなさい。私、成世くんのこと勘違いしてた」

「勘違いって？」

「てっきり口だけなのかと思って。いっつもふざけてるし、なんかチャラチャラしてるから、こう……偏見を持ってたというか」

私の独白を聞くや否や、彼は「謝らないでくれ」と食い気味に言ってきた。

「むしろ俺が謝りたい。なんというか、焦ってたんだ。全国には俺より凄い奴《やつ》が沢山いて、そいつらに勝つために人一倍練習しなきゃいけねえのに補習受けなきゃいけなくなってさ……」

「だからずっと窓の外ちらちら見てたの？」

「バレてたか……」

「バレてたっていうか、むしろ私と目線合ってる時間の方が少なかったよ」

「悪い……。必死だったんだ。でも焦ってんの表に出すのってなんかだせえし、三波も緊張してるみたいだったから明るく振る舞って場を和《なご》ませたくてさ。でも三波からしたらそれがチャラチャラしてる風に見えてたんだよな。いや、てかこういう言い訳ださいな……」

彼は気恥ずかしそうに頭を掻《か》いた後、席を立って頭を下げてきた。

「ふざけてごめん。せっかく教えてくれてんのに真面目に聞かなくてごめん」

「……ふふ」

　私は思わず笑ってしまった。

　何から何まで違うと思っていたけど、逆だ。私たちは何から何まで一緒だった。叶《かな》えたい夢があって、でも現実は甘くなくて、焦燥感《しょうそうかん》のせいで上手く振る舞えなくて。

　そう思うと、これまでの彼の態度も許せると思えた。

「成世くんこそ謝らないで。その代わり今日からはちゃんと真面目に歌ってよ？」

「それなんだけどさ」

　彼はおそるおそる私の顔をうかがってきた。

「うん？」

「俺、歌に関しては最初っからずっと真面目だったぞ……？」

「え？」

　あのふざけたような大声も、全く合っていない音程も、乱れたリズムも、全部？

「音痴《おんち》なんだよ、俺……。音楽の授業だって真面目に歌ってんのに先生からはふざけてないでちゃんと歌えって言われてもう散々なんだよ……助けてくれ……。評定で一でもついたら母ちゃんに何て言われるか……」

　思わずまた笑ってしまった。人の悩み事を笑うのは控えたかったけれど、破顔せずにはいられなかった。

なんか、可愛いなこの人。

「よし、なら成世くんの足が治るまで私が責任持って歌を教えてあげる！」

「本当か!?」

「その代わりスパルタでいくから覚悟するように！」

「おう！」

その日を境に私とはじめの仲は急速に進展していった。

彼はどこまでも夢に対して真摯《しんし》な人間だった。怪我のせいで練習している様子を見たことはないけれど、純粋な顔で「そんでさ、メッシが世界でも有数のディフェンダーをぶち抜いてさ！」と話してくるものだから、ボールを蹴っている姿を見ずとも彼のサッカーに対する熱量は伝わってきた。

私が「はいはい、その話は聞いたから、そろそろ歌の練習するよ？」と言って宥《なだ》めると、彼はいつも決まって「おっけー！」と白い歯を見せて無邪気に笑う。

彼は歌が苦手ながらいつだって堂々と歌いあげてみせた。アドバイスは頷《うなず》きながら真剣に聴いてくれたし、手本として私が歌ってみせると「は!?　凛、それもうプロの領域だろ！」と大げさに言ってはすぐに真似《まね》しようとする。

なにこの生き物、可愛いんだけど……。

顔には出さず、けれど心の中で私は度々悶《もだ》えていた。誰かが言っていたっけ、女の子が男子に対して「かっこいい」ではなく「可愛い」と思うようになったらもう終わり、抜けられない沼にはまっているのだと。

確かにその通りだと思った。彼の子供っぽい面を見ると母性本能をくすぐられてしまう。かと思えば年相応の真剣な眼差《まなざ》しをする時もあり、そのギャップにも随分《ずいぶん》と心を振り回された。

彼も彼で、私と過ごしているうちにかなり心を開いてくれるようになった。

「凛といるとなんというか、すげえ癒《いや》されるわ……」

そう告げられたのはとある放課後のことだ。

「そう？」

「ぶっちゃけ初対面の時はむすっとしてたちょっと怖かったんだけど、打ち解けてみたら話しやすいし、凛にも夢があるのが嬉《うれ》しい。ようやく仲間が見つかった気分」

「仲間……確かにそれは私も思うかも」

「だろ？」

私は短く頷いた。思えば、子供の頃は誰もが大きな夢を持っていた。宇宙飛行士やオリンピック選手、アイドル。十人十色《じゅうにんといろ》の夢がそこに広がっていた。

でも体が大きくなっていくにつれて、夢の方は小さくなっていった。良い大学に入って大手企業に就職するとか、三十代手前で結婚して平和に暮らしたいだとか。

別にそういう人生が悪いと言うつもりはない。生き方なんて人の自由なんだから。だけど時々悲しくなる。みんなは最初から望んで「良い大学に入る」なんて目標を掲《かか》げていたのではなく、「成功するのは一握りの人間だけ」という現実を知り、そして自分がその一握りからこぼれ落ちた人間だと痛感し、だから夢を書き換えたんだ。いつからか私の周りに夢を見る人間は居なくなっていた。私はそれがとても寂しかった。でもはじめは違う。成功するのは一握りの人間だと知ってなお夢を描き続けている。自分がその一握りの中に入るために。

はじめはいつだって「凛も世界一目指そうぜ！」と私を引き上げてくれた。お世辞《せじ》でも社交辞令でもなく、はじめは本気で私たちが世界一になれると信じている。偽りのない気持ちに感化され、私はいつしか尊敬とともに彼に好意を抱いていた。だから彼と出会って半年が経《た》ったあの日の帰り道、私はありのままの気持ちを伝えることにした。

「私、はじめのこと好き」

隣を歩いていた学ラン姿のはじめは、私の唐突《とうとつ》な告白に足を止め、驚いたような目でこちらを見ていた。少しして理解が追い付いたようで、彼は「いや、そういうのはもっとムードとか色々あるだろ」と無垢《むく》な笑みを見せた。

「ご、ごめん。なんかこう、言いたくなっちゃって。迷惑だったかな……」

はじめは困ったように苦笑した。

「迷惑なわけないだろ。俺も凛のこと好きだし」

日頃の彼の態度からしてわかっていたけれど、その言葉に私の口角は否応《いやおう》なしに上がっていった。

「じゃあ今日から私たち恋人でいい？」

「いいけど、本当にムードどこいった？　女の子はそういうの大事にしたいものなんじゃないのか？」

「だって誰かのこと好きになったの初めてでよくわかんないんだもん。ムードとか雰囲気とか、そういうのは恋愛上級者が意識するものでしょ？」

「そうなのか？」

「そうじゃないの？」

「いや、俺も彼女いたことないからわからん」

えっ、と声が出た。意外だった。いかにもモテる男子といった雰囲気を醸《かも》しだしているのに。実際女の子から言い寄られているところも見たことがある。

表情から私の心情を察したのか、はじめは「サッカーばっかりだったからな、俺」と補足するように言った。

「サッカーばっかやってる人が私と付き合ってもいいの？」

「凛ならいい。というか凛がいい。俺、凛と一緒ならもっと上まで行ける気がする。頑張ってる凛を見てると俺も頑張ろうって思えるからさ。凛の歌に対して一生懸命なところ好きなんだよ俺」

どうやら私たちが互いに向ける気持ちは全く同じだったらしい。

そう、私たちならきっとどこまでも高め合っていける。

「じゃあこれからは恋人としてよろしくね、はじめ」

「おう、よろしく！」

そこから卒業までの一年間はあっという間だった。

はじめの怪我が完治するまでの期間を利用し、私たちは毎週カラオケに赴《おもむ》いてはは歌の練習に励んでいた。気温が落ち着いている時期は近場の公園ではじめにサッカーを教えてもらうこともあった。

治療が終了してからは出掛ける頻度は減ったけれど、学校では毎日顔を合わせるし、テスト期間で部活のない時期はふたりで勉強会もした。母親が厳しいと言っていただけあって、はじめは音楽以外の成績は優秀そのもので、勉強会では主にはじめが教《きょう》鞭《べん》を執ってくれていた。

本当の本当に、時間が経つのはあっという間だった。そしてこれから先もずっとそんな幸せな生活が続くのだとあの頃の私は本気で思っていた。

けれどあの卒業の日、別れは唐突に訪れた。

『はじめが病院に運ばれた……！』

電話口から聴こえた彼の友人が慌てる声。あの瞬間、私の幸せは崩壊した。

※※※

はじめの死から半年が経過した。

夢に向かって進むはずだった私の人生は、あの日を境に一変した。

私は知らなかった。自らの歩む道が、一歩踏み外せば奈落《ならく》の底へ転落してしまう断崖絶壁に面していたのだと。前を見すぎたあまり私は足元を見ていなかったのだ。

はじめが居れば頑張れる。あの日の私は確かにそう思っていた。

だったら、はじめが居ない私はどうなる？

半年が経った今、その答えは現実として私に突き付けられていた。

私は今日もカーテンを閉め切った暗い部屋のベッドで無為《むい》に時間を浪費していた。

大学へは行かず、食事も入浴もままならない。手入れを怠《おこた》った髪の毛はぼさぼさで、もう何日着替えていないかもわからない服からは汗と脂が混じったような悪臭が立ち上っていた。そんな惨状がもう何ヶ月も続いている。

恋人を失った私は、あまりにも脆《もろ》かった。

「凛、母さんパート行ってくるね。ご飯作っておいたから食べる時温めてね……」

廊下から母さんの声がした。ありがとう、そう口にしようとしたが、喉からは息が漏《も》れるばかりで声が出なかった。

過度なストレスが原因の失声症。精神科医はそんなことを言っていた。はじめの死をきっかけに私は声を失った。かれこれ半年間も自分の声を聞いていない。

声の代わりに足でとんとんと地面を叩《たた》いて母さんに意思表示をした。

「それじゃ、行ってくるね」

母さんが家を出た途端、涙が溢れてきた。

歌手を目指す？　世界一？

馬鹿みたいだ、私。

歌どころか声すら出せない人間がどうやって歌手になるというのだろう。死に物狂いで高倍率の音大にまで合格したというのに。

母さんの奨《すす》めで今は休学という形をとっているけれど、私は既に大学へ通う意志も、歌手の夢も手放していた。医者は言っていた、私が再び声を出すには心を苛《さいな》ませている元凶を取り除く必要があるのだと。言葉通りに受け取るのなら、はじめが生き返らない限り私に声は戻らないことになる。

あるいは長い年月の経過により心が落ち着けばまた声を出せるようになるのかもしれない。だけど、それははじめへの気持ちが薄れたということに他ならない。恋人の死を忘れてのうのうと歌を歌うくらいなら、死んだ方がましだ。はじめを失った時点で、声を失った時点で、私の夢は終わったんだ。

いっそ死んでしまいたい。そう呟こうと口を開くも、やはり声は出なかった。

頭まで布団を被《かぶ》り、眠りにつくべく瞼《まぶた》を下ろす。眠りにつけば夢の中にはいつだってはじめが居て、あの頃と同じ姿で私を出迎えてくれる。いつからか私はこの幸せな夢にとりつかれていた。

でもそれは問題の先送りでしかない。目が醒《さ》めるたびに、私ははじめのいないこの世界に絶望する。そして再びはじめを求めて眠りにつき、起きて絶望し、それが際限なく続いていく。そうやって繰り返していくうちに段々と心が摩耗《まもう》していくんだ。

いい加減、限界だった。

とある深夜、私はふと思い至った。死にたいなどという陳腐《ちんぷ》な破滅願望で留《とど》めておくのではなく、実行してはどうだろうかと。

思い立ってからの行動は早かった。ふらふらとおぼつかない足取りで家を出て、月明りを頼りに死に場所を探した。半年間ろくに足を動かしていなかったせいか少し歩いただけでふくらはぎが痛み、余計に生が煩《わずら》わしくなった。

手短な死を求めた私が目を付けたのは、川で隔《へだ》てられた隣街へ繋《つな》がる橋だった。毎年成人式の時期になるとバンジージャンプが催《もよお》される、命を捨てるにはうってつけの高さを誇る橋だ。

欄干《らんかん》に手を添えながらゆっくりと橋の中央へ向かっていく。

夏が明けたばかりだからか夜風がやけに生暖かかった。記憶にある外の世界はまだ肌寒さの残る春だったはずなのに、時間の経過は残酷だ。だけどそれも、ここから飛び降りればもう気にせずに済む。何も考えなくて済むんだ。

「……はじめ、今行くからね」

欄干を乗り越えるべく手をかける。その時だった。

「やあ」

すぐ近くから声が聴こえてきた。咄嗟《とっさ》にあたりを見渡すも人の姿は見当たらない。代わりに、欄干の上に座る一匹の白猫が目についた。

白猫はじっと私を見つめていた。月明りを反射する瞳は吸い込まれそうなスカイブルーで、艶《つや》やかな毛並みはどこか神聖さを感じさせる。

思わずファンタジックな思考が頭をよぎり、けれどすぐに首を振った。

いやいや、まさか。流石にそれは考えられない。風か何かが偶然人の声に聴こえただけで、間違ってもこの白猫が喋ったわけではないはずだ。

「それが喋れるんだなぁ」

私の心を見透かすように、今度ははっきりと白猫が口を開いた。

常識では考えられない事態に理解が追いつかず、私はただ呆然と立ち尽くしていた。

「まあびっくりするよね。ボクと出会った人はみんなそういう反応するよ。でも大丈夫。君は病《や》んでいるけど、頭はちゃんと正常だから安心して」

言うや否や、白猫は私の体めがけて跳躍《ちょうやく》してきた。反射的に抱きとめようとするも、半年間食事と運動を怠ってきた私の体は意思に反して体勢を崩し、無様《ぶざま》にも尻もちをついてしまった。

「あ、ごめん。君が引きこもりなの忘れてた……。本当にごめんね？　幻でもなんでもなく、ちゃんと触れられる存在なんだって証明したくって……」

発言通り、白猫の体からは確かに温《ぬく》もりが感じられた。しかしそんなことは些末《さまつ》な問題だ。何故、どうして白猫が喋ってる？　一体何者なのだろう。私にとってはそちらの方がよほど重大だ。

「ボクは神様の使いだよ。見た目はこんなだけど猫じゃないからよろしくね。今日は用あって君に会いに来たんだ」

私に？　神様の使いというのがそもそもよくわからないけれど、今の私に物事を深く考えるだけの体力などあるはずもなく、思考はすぐに「何者か」ではなく「何の用か」というわかりやすい疑問に置き換わっていた。まさか神様の使いが直々に「自殺は良くない、生きるべきだ」なんてご高説を垂れるために訪れたのだろうか。

「ううん、違うよ。いやもちろん死んでほしくはないけどね？　ただボクは自分の仕事を全うしに来ただけなんだ」

仕事？　心の中で訊き返すと、白猫は「そう、仕事」と透き通るような声で答えた。どうやら人の心が読めるらしい。

「ボクの仕事は、そうだなあ。簡単に言えば死んだ人間、もしくはこれから死ぬ人間にチャンスを与えることかな」

白猫は軽やかな身のこなしで私の上から飛び降り、ちょこんと地面に座り直した。そして、信じられないことを口にした。

「君を過去に戻してあげる。卒業の三ヶ月前までね」

思わず目を見開いた。

三ヶ月前、それはつまり――。

「そう、成世一がまだ生きている時だよ」

「――え」

不恰好ながら喉の奥から声が出た。自分の声を聞くのは実に半年ぶりだった。とても歌手を目指していた人間のものとは思えない小さく掠《かす》れた声だったけれど、確かに私の声だ。

「それ……本当、に……？」

咽《むせ》かけながら藁《わら》にも縋《すが》る思いで白猫を見つめた。

「嘘は言わないよ。でもルールがあるんだ。君がそれを聞いてもなお過去に戻りたいって言うなら戻してあげる」

白猫は「ルールってのはね」と続ける。

「卒業式を終えて校門を出たその瞬間に君は元の時間軸——つまりこの場所に戻ってくることになるんだ。それまでの三ヶ月間で君が何をしても未来は変わらない。仮に君が成世一に「事故に遭《あ》うから違う道を通って」と告げ口をしても全部なかったことになって、最後には彼の居ないこの世界に戻ってくることになる。それが唯一にして絶対のルール」

要は、現在に一切影響を及ぼさない極めて限定的なタイムスリップ。

あまりにも救いのない話だった。どれだけ幸せな思いをしても最後にまたここに戻ってくるのなら意味がない。むしろはじめがいる幸せを味わってしまう分、余計に苦しくなってしまう。いつも見る夢と同じだ。夢の中にははじめが居て、温かく私を受け入れてくれて、でも目を醒ました時、私はいつもはじめのいない世界に絶望する。

夢ではなく現実の世界でそれが行われるのだから、三ヶ月後ここに戻ってきた私がどれほどの絶望を味わうかは容易く想像できる。

でも、それでも――。

「私……戻りたい」

「いいの？」

うかがうような問いかけに私は小さく頷く。

私は、もう一度はじめに会いたい。もう一度あの大きな手で抱きしめられたい。はじめの声を聴きたい。ふたりで一緒に過ごしたい。たとえ苦しむことになるのだとしても、その後に待っているのが絶望だとしても、ひと時だけでもはじめと会えるのなら断るわけにはいかない。

「……わかった。ボクは君の意思を尊重するよ。他に何か聞きたいことはある？」

首を横に振った。些末な疑問はあれど、はじめに会えるという話さえ真実ならば後はどうだって良かった。

「それじゃあ、心の準備ができたら目を閉じて大きく息を吸って。次に目を開けたら君は卒業式の三ヶ月前、ちょうど十二月の頭頃の世界に居るから」

言われるまま目を閉じ、生暖かい夜風を吸い込んだ。

その瞬間、月明りと静寂《せいじゃく》に包まれていた空気が一変し、肌を刺す寒さと喚越しにもわかる灯《あか》りが五感を刺激した。

ゆっくりと、光に慣らすように目を開ける。

視界に広がっていたのは見慣れた街の大通りだった。日は高く、道路には車が行き交《か》い、人々が今か今かと信号が切り替わるのを待っている。近場のパン屋から漏れた甘い香りは鼻をくすぐり、意思に反して腹部が鳴った。

自分の体に目を向けると橙《だいだい》色のパーカーと紺色のデニムという、極めて露出の少ない恰好をしていた。どうやら私はついさっきまでの体ではなく、当時の姿でここに居るらしかった。

ポケットからスマートフォンを取り出して日付を確認する。白猫の言った通り、確かに卒業の三ヶ月前、十二月二日に戻ってきているようだった。

半年以上も暗い部屋に閉じこもっていたせいで昼の明るさが目に沁《し》みて膜のような薄い涙が滲《にじ》んできた。

それはそうと、当時の私はここで何をしていたのだろうか。九ヶ月も前とあっては流石に思い出せそうにない。ただ、出不精《でぶしょう》の私がわざわざ休日に外出しているということは、そういうことだ。

トークアプリで約束の有無を確認しようとした、まさにその時だった。

「ごめん凛、待たせた」

すぐ右手側のコンビニからひとりの人物が駆け寄ってきた。

ジャージ姿のその人物を――はじめを見た瞬間、抱え込んでいた何かが爆発した。

手元からスマホがこぼれ落ち、けれどそれすらも意に介さず、私はただ一直線にはじめの胸に飛び込んだ。

「はじめ……はじめ……っ！」

涙が溢れて止まらなかった。

どうして私を置いて死んでしまったの。どうして私を独りにしたの。ずっと吐き出せずにいた寂しさの全てが涙となってはじめの服に染みを作っていた。

「凛、大丈夫か……!?」

私の行動は不可解極まりないものだったのだろう、はじめはあからさまに動揺していた。なにせコンビニから出てきただけで恋人が号泣したのだから。私からすれば九ヶ月ぶりの再会でも、はじめにとってはものの数分間の出来事だったはずだ。

「……ごめんな」

ややあってから、はじめは優しく私を抱きしめてくれた。私の事情など知る由《よし》もないはずなのに、私が落ち着くまで理由も訊かずひたすら頭を撫《な》で続けてくれた。まるで私の半年間の寂しさを知ってくれていたような、あり得ないはずなのにそんな包容力をはじめの温もりから感じた。

ああ、はじめだ。本当にはじめが居る。声も匂いも温かさも、全部あの頃と同じだ。

ひとしきり涙を出し切った後、私たちは近場の公園のベンチで休憩をとっていた。

「本当に大丈夫か？」

「うん、だいぶ落ち着いてきた」

はじめが居るからか、それともまだ声の出し方を覚えている頃の体だからか、昨日までの失声症が嘘のように流暢《りゅうちょう》に喋ることができた。

「今日はカラオケやめとくか？」

会話の中で段々と当時の記憶が蘇《よみがえ》ってくる。そういえばこの時期は部活を引退して時間にゆとりのできたはじめに歌を教えていたんだっけ。

「大丈夫、はじめのおかげで落ち着いたから。ありがとね」

「……ならいいけどさ」

泣いていた理由を語らなかったせいか、はじめはどこか腑《ふ》に落ちない様子だった。しかし当の本人である私が何事もなく振る舞う以上は切り替えなければならないだろうと、はじめもすぐにいつもの調子に戻ってくれた。

カラオケボックスに着くとはじめは「俺飲み物取ってくるわ。凛はホットココアでいいよな？」と言って部屋を出ていった。その間に私は精密採点機能をオンにし、マイク音や諸々の音量を調整しておく。私たちがカラオケに来るといつもこうした役割分担が行われる。体に染みつくほど来ていたおかげか、九ヶ月ぶりでも滞《とどこお》りなく体が動いてくれた。

「ほい、持ってきたぞ」

「ありがとー」

飲み物を受け取るついでにマイクを渡すと、はじめは「お、さんきゅ」と言って早速曲を入れ始めた。一連の様子を私は噛《か》み締めるように見つめていた。

「めっちゃガン見するじゃん。どうした？」

「なんでもないよ。気にせず歌って」

「お、おう」

馬鹿みたいだ。見つめれば見つめるだけ、この時間を楽しんだ分だけ別れの瞬間が名残《なごり》惜しくなるのに。それでもはじめが居る今この瞬間が愛《いと》おしすぎて大切にせずにはいられない。

今だけ、今だけはこの幸福に身を委《ゆだ》ねていたい。後のことはその時考えればいい。

はじめが歌っている間、私は頬が緩むのを抑えられなかった。よく通る歌声で、でもやっぱりビブラートはへたっぴで、何もかもが愛おしいと感じてしまう。

苦しみ続けた半年間のせいか、幸せなはずなのに何度も涙が出そうになった。そのたびに私は努めて笑顔を作り続けた。これ以上心配をかけるわけにはいかない。

　十二月の空はすぐに暗くなる。カラオケを終えた私たちは街灯が照らす街中を真っすぐに歩いていた。吐く息は白く、まだ本格的な冬でもないのに耳たぶが痛かった。

　はじめの死、タイムスリップ、再会。感情がごちゃ混ぜになるには充分すぎる体験をして、けれど私の心は既に平常心を取り戻しかけていた。三ヶ月後に訪れる別れへの恐怖以上に、今この世界にはじめが居るという安心感の方が大きかった。

「十二月入った途端寒くなったよなあ」

「だねー」

「風邪引くなよ？」

「はじめもね」

「俺は生まれてから一度も風邪引いたことないから」

「えー、うっそだあ」

　くすくすと笑い合った。なんてことない平凡な会話も、相手がはじめならそれだけでどんなお笑い番組よりも面白く感じられる。

　ああ、好きだ。好きすぎる。

　つくづく私ははじめに惚《ほ》れこんでいるなと再認識する一日だった。

時間は瞬く間に過ぎ、気が付けば私の家に到着していた。

「ほんじゃ、また明日学校でな」

「うん、また明日！」

玄関が閉まり、はじめの姿が見えなくなると深く息をついた。

本当にはじめが居る。明日もまた会えるんだ。

夕食を済ませてから自室に入ると、綺麗に整頓されている空間に僅かながら衝撃を受けた。衣服やゴミが散乱していたここ最近の私の部屋とはまるで違う。緊張感がほぐれたこともあり、過去に戻ってきた実感がこの時になってようやく押し寄せてきた。

「やあ」

不意にどこからか聞き覚えのある声がした。声の方へ視線を向けると例の白猫がお腹を出してベッドに寝転んでいた。

「あ、猫ちゃん。どうしたの？」

「ボクは猫じゃなくて神様の使いだよ。まあそれはいいとして、どうだった？　初日の感想を聞かせてほしいな」

「なんというか……まだ信じられないって気持ちが半分と、あとはやっぱり、はじめといる時間はすっごく幸せだった」

言いながらベッドに腰かけると、白猫は待ってましたと言わんばかりに私の膝上に収まってきた。猫じゃないと言う割には随分と猫らしさのある行動だ。

「ねえ猫ちゃん、ひとつ訊いてもいい？」

「いいよー」

「あなたの仕事は死のうとしている人にチャンスを与えることって言ってたよね？」

「言ったね」

「チャンスって具体的にどういうことなの？　さっきははじめに会いたい一心だったからそういうの気にならなかったけど、私はここで何をすればチャンスを掴《つか》んだことになるのかな」

白猫は「あー……それはね」と困ったような反応を示した。

「ごめん、それに関してはボクの方からはちょっと言えないかな。でも後々わかることだから今は考えなくても大丈夫だよ」

「余計気になるよ」

「ボクだって言えるなら言ってあげたいよ。でもだめなんだ。そういうルールだからね。まあ今は何も考えず君の好きなように振る舞うといいよ。彼と楽しく過ごしてもいいし、悲観してもいい。この世界での君は自由だ」

納得できるような、できないような、なんとも言えない返答だった。とはいえ食い下がったところで一から十まで説明してくれそうな気配もなく、私は大人しく白猫の言葉を呑み込むことにした。

「それじゃまた様子を見に来るから、風邪引かないようにね！」

白猫はおもむろに立ち上がると風景に溶けるように徐々に透明になっていき、やがて完全に姿を消した。

「消えた……」

信じられないことばかりだ。でもここは紛れもなく現実で、そして明日も明後日も、私ははじめと一緒に居られるんだ。

仄《ほの》かな眠気が訪れたのを好機に、私は数ヶ月ぶりに安心感とともに眠りについた。


朝、はじめのいる世界で目を覚ました。スマホを確認すると十分ほど前にはじめからメッセージが届いていた。

《おはよ、今から朝練混じってくる》

何度も文面を読み返し、力いっぱい頬をつねった。痛みで目尻に涙が浮かび安堵《あんど》する。よかった、夢じゃない。

すぐにベッドから身を起こし、ものの数分で支度《したく》を整える。朝に弱い私がここまで俊敏《しゅんびん》に行動するのは稀《まれ》だ。母さんも「もう出るの!?」と驚いていた。

「行ってくる！」

勢いよく玄関を開け放ち、私は駆け足気味で学校を目指した。

十二月頭の朝は寒く、夜の香りが残る空はまだ薄暗い。普段なら憂鬱《ゆううつ》になりそうなそれらも、はじめがいる世界というだけで許容してしまえる。

白い息を吐きながら学校に到着した私は一目散にグラウンドに向かった。

「……いた！」

昨日散々はじめの姿を目に焼き付けたというのに、朝だってメッセージを貰ったというのに、こうして姿を見つけるとたまらなく嬉しくなる。はじめが居る。あの頃のように夢中でボールを蹴っている。

とっくに引退したはずなのに未《いま》だに部活に顔を出している熱心さもあの頃のままだ。

グラウンドの入り口に立ち、邪魔にならないようひっそりとはじめの姿を眺める。

しかしはじめの視野は広く、あっという間に見つかってしまった。

「凛、こんな時間からどうした？」

はじめは小走りでこちらに駆け寄ってきた。なんと返そうか頭を悩ませるも、感極まっていた私は「一秒でも早く会いたくて」と思いの丈をそのまま口に出していた。

「おいおい、昨日会ったばっかりなのにか？」

はじめはどこか気恥ずかしそうに笑い、私も「へへへ」と同じように笑った。

「もうちょいで練習終わるから先に教室行っててくれ。すぐ行くから」

「ううん。ここで待ってるよ。私のことは気にせず練習しておいで？」

「でも寒いだろ？」

「いいの！」

固辞《こじ》する私を説得するのは不可能だと知っているからか、はじめは苦笑した後、ジャージを脱いで私の頭に被せてきた。

「ならこれ着て待っててくれ」

「え、でも——」

私が言い終わる前に、はじめは薄手のシャツ一枚で練習に戻っていってしまった。

「私に風邪引くなって言った本人が薄着してるし……」

ぶつぶつ呟くも口の端は綻《ほころ》んでいた。ジャージからははじめの温もりが伝わってきて、それだけで途方もない安心感に包まれた。

それも、このジャージは私にとってひと際特別な物だった。

半年前、私は葬儀の後にはじめの両親からこれと同じジャージを手渡された。涙ながらに「息子と仲良くしてくれて本当にありがとうね」と。何か私に遺《のこ》せる物はないか考えた結果とのことらしい。

受け取ったジャージにははじめの匂いが残っていて、私はその瞬間みっともなく泣き崩れてしまった。それから半年間、私は毎晩そのジャージを抱いて眠った。けれど最初こそ残っていたはじめの匂いはものの数日で消えてしまい、「これがはじめの物であった」という確たる証拠はいつしか胸元に施《ほどこ》された刺繍《ししゅう》だけになっていた。

私にとってこの服は、宝物であると同時に虚《むな》しさの象徴でもあった。

でも今ここにあるジャージからは確かにはじめの匂いがして、はじめの温もりが残っている。それがたまらなく嬉しかった。

ぎゅっとジャージを抱きしめ、私はグラウンドを駆けるはじめを見守り続けた。

朝練を終えるとはじめはすぐに私のところまで走ってきた。

「体冷えてないか？」

「平気だよ」

「嘘つけ。早く中入るぞ」

はじめは私の手を取ると一直線に校舎へ向かっていく。私の口から出る「大丈夫」や「平気」をはじめは基本的に信用してくれない。はじめは知っているからだ、私が人に心配をかけたくないあまり気丈に振る舞うことを。

「凛の手、冷たすぎ」

「末端冷え性だからねー」

このやりとりも、校舎も、下駄箱も、五感に入る情報の全てが今となっては新鮮だ。

「ちょっと教室に荷物だけ置いてくる。ちゃんと暖房つけとけよー？」

そう言ってはじめは私とは反対方向のクラスに向かっていった。

私はまだ誰も来ていない教室に入り、言いつけ通り空調の設定をしていると廊下から慌ただしい足音が聞こえ、操作を終えるより早くはじめが教室にやってきた。

「何もそんなに急がなくても……」

「一秒でも早く会いたくて」

「ちょっと私の真似したでしょ」

「おう。でも本音だからな」

人の気配がないのをいいことに、はじめは突然力強く私を抱きしめてきた。

「ちょっ、ここ学校だよ……！」

やっぱり、昨日私が泣いていたのを心配してくれているのだろうか。いくら人が居ないとはいえ、私の知るはじめは公共の場でこのような行動をとる人物ではなかった。

「バレたらまずいよ……」

口では抵抗しつつ、私の腕もはじめの背中に回っていた。

放課後、私は音楽室へ向かった。防音加工が施された室内は校内でもひと際静かで、部屋に入った瞬間別の世界に来たような感覚に陥《おちい》る。ここは私だけの世界。ひとりきりの空間。私はこの場所で歌を口ずさむ時間がたまらなく好きだった。

けれど何故《なぜ》だろう。今はそれがとても寂しい。理由を考えてすぐに、私はこの孤独な空間がはじめのいない世界の半年間と酷似《こくじ》しているからだと気付いた。

「私、すっかり悲観的な頃の自分に戻っちゃってるなぁ」

寂しさを誤魔化すように独り言を呟いた。この三ヶ月間を私はどう過ごすべきか。三ヶ月後には元の場所に戻らなくてはいけないとわかっているからこそ、悔いのないようこの時間を使うのか。それとも訪れる二度目の別れを悲観して過ごすのか。

できれば私は前者でありたい。ただ、自分のことは自分が一番よくわかっている。残りの日数が減るにつれ、私は確実に後者に傾いていってしまうだろう。

考えても仕方のないことだと思う。それでも、ひとりで時間を持て余すとそういった類の考えが次から次に浮かんできてしまう。

気を紛らわせようにも歌には集中できず、十二月の寒さを覚悟しながら私は窓を開けた。案の定、外からは肌を刺す冷気が流れ込んでくるも、外から聴こえてくる運動部の声がこの判断は正解だったと私に教えてくれた。

「はじめ、また部活混ざってる」

グラウンドではサッカー部が試合形式の練習をしており、はじめは引退した身だからか積極的には参加せず、キーパーとしてゴール前で構えていた。

部員のひとりがゴールの右端を狙ったシュートを放つ。対して、はじめは予測していたと言わんばかりに右に跳躍してボールをキャッチした。

「うん！　良いシュートだ！」

「なら止めないでくださいよ！」

「はっはっは、やだ！」

部員たちの和気あいあいとした声が音楽室まで響いてくる。

微笑《ほほえ》ましい光景を見守る私は、ふといつの間にか頭の中から無意味な自問自答が消えていることに気付く。ただはじめを見ていただけなのに、たったそれだけで孤独感なんてものは消えてなくなっていた。

「……うん、そうだ。そうだよ」

この三ヶ月をどう過ごすべきかはわからない。ただひとつだけ言えることがある。

私ははじめが好きだ。もっとはじめと過ごしたい。今はそれでいいんだ。

だったら私のやることは決まっている。私は大きく息を吸った。

「はじめー！」

窓から身を乗り出す勢いで叫んだ。

……ちょっと馬鹿なことしすぎちゃったかな。

遅れて羞恥心《しゅうちしん》がやってきた。私に気付いたはじめは何やら部員たちと話していて、それが終わると猛ダッシュで私がいる校舎まで走ってきた。

「凛！　どうした！」

たった今校舎に入ってきたばかりなのにものの十数秒で音楽室の扉が開いた。

「あ、いや、ごめん。はじめの姿が見えたから声かけてみただけだったんだけど、まさか走って来てくれるとは思わなくて……」

今朝の抱擁《ほうよう》といい、昨日涙を流して以来、はじめは私を心配しているようだった。

あくまでさりげない風ではあるけれど、前々からはじめにはそういった目に見えない優しさがあった。

「ごめんね。練習戻っておいで」

「どのみち練習終わる予定だったから大丈夫。凛の練習終わったら一緒に帰ろうぜ」

「ありがと。私も今日はもう切り上げようと思ってた。なんだか集中できなくて」

「そうなのか。本当に大丈夫か？」

「うん、一緒に帰ろ」

「……そうだな」

はじめは昨日と同じ、どこか納得がいかないといった表情を見せた。

「さ、帰ろ帰ろ！」

心配をかけさせまいと私は普段以上に明るく振る舞った。最初は演技が入っていたそれも、はじめと並んで歩いているうちに次第に素の自分に移り変わっていった。

「そういえば凛、終業式の日どうする？」

「うーん」

肌寒い空の下、私は思い出を手繰《たぐ》り寄せる。終業式はちょうどクリスマスの日と重なっていて、当時の私たちは日没後に駅前広場のイルミネーションを見ていた。

あの時のデートを再現するのも悪くない。でも、と私は考えを切り替えた。

「私、カラオケがいい！」

「クリスマスなのにか？　もっと色々あるだろ？　イルミネーション見に行くとか」

「ううん、いいの」

今の私は何気ないこの日常を全力で楽しみたい。

「あ、でもクリスマスはお祝いしたいからちょっと豪華な食べ物頼もうね。もちろんはじめがどこかお出掛けしたいなら合わせるけど、どうかな？」

はじめは少し考える素振りを見せた後、「凛がそれでいいなら」と快諾《かいだく》してくれた。

「じゃあクリスマスはカラオケでパーティだね」

「だな」

話がまとまってきた頃合いでちょうど私の家に着き、はじめは「風邪引くなよ」と言ってわしゃわしゃと頭を撫でてくれた。

「ありがと、また明日」

「おう、またな」

一日が終わる名残惜しさを感じつつも、また会えるから大丈夫なのだと扉を閉めた。


過去に戻ってから早くも一週間が過ぎた。

最初こそ、そこにはじめがいるというだけで緩んでいた涙腺《るいせん》も、過去の生活に順《じゅん》応《のう》していくにつれて次第に引き締まっていった。

人間の適応力は凄いもので、私の中ではじめとの日常は既に「貴重な三ヶ月」から「そこにあって当然のもの」になりかけていた。もちろん期限が設定されている以上は完全には順応できないけれど、難しいことを考えるのは意識してやめることにしていた。はじめがそこに居てくれる。今はそれだけでいいと思った。

「うし、今週もカラオケ行くぞ！」

「やる気満々だね」

「歌上手い男ってかっこいいじゃん」

「確かにね！　じゃあ、まずは安定して七十点取るのを目指そ」

「おう！　指導よろしく！」

「まかせて！」

　はじめと過ごす時間は光のように速く過ぎていく。昼前に入ったはずのカラオケボックスの時計はあっという間に午後六時を指し、窓の外はすっかり暗くなっていた。

「今日は四回も七十点超えたぞ！」

「凄い成長だね！」

「でも歌えば歌うほど凛の凄さというか、遠さが身に染みるなー」

「そう？」

「そうだよ。一回も九十点下回らないじゃん。化け物だよ」

「うーん、でもカラオケの点数ってある程度までいくと実際の上手さとはそんなに関係ないよ？　音程が正確なら八十後半とか九十は出て、後はカラオケの機種によって加点方法が変わるから九十点以上は実力関係ないかな」

「その九十点が凄いって言ってるんだよ。こっちは七十超えただけで喜んでんのに！　無理矢理ビブラート入れて加点までしてそれだぞ！」

「あはは。だからずっと声震えさせてたの？」

「おうよ！」

　はじめは悔しさをちらつかせながらも豪快に笑った。

　ふたりして笑い、私たちの一日は今日もあっという間に幕を下ろした。

翌日も翌々日も、私の生活にははじめが居た。学校で顔を合わせ、家に帰ればメッセージのやりとりをして、休日にはふたりで外に出る。夢のような日々だ。

時折白猫が「暇だから来ちゃった」と姿を見せ、それさえもいつの間にか私の日常の一部になっていた。


気がつけば私たちはクリスマスを迎えていた。

「凛、メリークリスマス！」

カラオケボックスの一室で、はじめが手に持ったグラスを掲げた。私もすかさずグラスを持ち上げ、ふたりだけのささやかなクリスマスパーティが始まった。テーブルの上にはチョコレートのケーキとローストチキンも並んでいる。

「……よし！」

乾杯直後、はじめは何やら決意めいた表情でおもむろにマイクに手を伸ばした。

「何歌うの？」

「実は、今日のためにちょっと練習してきた曲があるんだよ」

ぽちぽちとパネルを操作し、はじめは私が常々好きだと言っていた曲を選択した。

その曲は恋愛ソングをあまり好まない私が唯一好きだと胸を張って言える曲。ありきたりな切ない恋の歌ではなく、互いに励まし合い、高め合っていく男女の歌だ。

「なんか俺たちっぽい曲だと思ってさ。凛に教えてもらってんだからいい加減ちゃんと結果出したくて。だから、点数見ててくれよ？　絶対記録更新すっから……！」

目標は七十五点、とはじめはやや背伸びした点数を宣言した。

イントロが流れ始める。随分と緊張しているらしく、はじめはしきりに音程バーの位置を気にしていた。

「はじめ、硬くなっちゃだめだよ。リップロールして」

「そ、そうだった……」

前奏の間、はじめは以前私が教えた、唇を震わせて喉の緊張をほぐす技術をこれでもかと繰り返していた。

第三者から見ればたかがカラオケの自己記録を塗り替えるための挑戦。人生がかかっているわけでも、失敗すれば何かを失うわけでもない。そこまで緊張するほどのことではないと普通なら思うだろう。

だけど、そのたかが歌ひとつに緊張してしまうほど真剣に物事に取り組む人だからこそ、私ははじめに惹《ひ》かれているんだ。

「頑張って……！」

息子の発表会に駆けつけた母さながらの気分だった。もし私に子供がいたらおそらくこんな気持ちになるのだろう。

歌唱後、採点画面を見たはじめと私は目を見開く。画面には堂々と八十二点と表示されていた。

「──凛、これ間違いじゃないよな!?」

「うん！　凄いじゃん！　やったじゃん！」

「七十五点どころか人生初の八十点超えなんだけど！　やべぇ！」

「よく頑張ったね！」

「ビブラートで点稼ぎまくったからな！」

「それでも凄いよ！　記念すべき日だよ！」

しばらくの間、私たちは存分に余韻《よいん》に浸り喜びを分かち合った。

点数だけ見ればようやく全国平均に届くくらいだけれど、重要なのはそこじゃない。あれだけ歌が苦手だと言っていたはじめがここまで上達したという、成長した事実が大事なんだ。

「あー……緊張した」

「そんなに不安だったの？」

「そりゃそうだろ。いくら元々が音痴すぎたつっても、一年以上も教えてもらってて平均すらいかないのはなんつーか、だめだろ。未来の歌手に教えてもらってんだから上手くなれなきゃ失礼だ」

「あははっ。確かにそれはそうかも。世界一の歌手になる女にマンツーマンで指導してもらってるんだもんね！」

少しふざけて大げさに言ってみるも、当のはじめは一切茶化す様子なく「そうだよ」と真剣な眼差しで答えてきた。

「俺、凛の夢本気で応援してるから。凛なら世界一になれると思う」

「え、あ、ありがと……」

なんだか恥ずかしくなって私はしどろもどろな返事をした。どうしてこの人はこう、世界一なんて恥ずかしげもなく口にできるんだろう。

そう思った直後、私はすぐに自らの心境に起こっていた無意識的な変化に気付いた。

――恥ずかしい？　世界一という夢が？

私は今、確かに世界一を「恥ずかしい夢」として捉えていた。それはつまり、世界一という言葉を、私は心のどこかで口にするのも憚《はばか》られるような大げさな夢として捉えているということだろうか。いや、そういうことだ。

はじめは本気で私が世界一になれると思ってくれている。だからはじめはふざけないし、恥ずかしがりもしない。できると思っていることをただ口にしているだけだ。だというのに、私は――。

心の中に疑問が生じた。世界一になる。あの卒業式の日、私は確かにそう宣言した。恥ずかしげもなく、大げさとも思わず。

なのにどうして私は今ふざけてしまった？　世界一の歌手という言葉を、さも冗談のように扱った？

……そっか、私は大事なことを忘れていた。

「はじめ、ありがと」

おかげで思い出すことができた。あの頃の気持ちを、夢に向かって進むことを。やっぱりはじめは凄い。悲観的な私をいつだって前向きにさせてくれる。ここに戻ってこなければこの気持ちを忘れたままだった。

「あ、そうだ。凛に渡したいものがあるんだよ」

唐突に言って、はじめはリュックの中から紙袋を取り出した。

「これ、凛へのクリスマスプレゼント。本当は帰り際に渡そうと思ったんだけど、せっかく記録更新できたことだし、これまでのお礼も兼ねて今渡させてほしい！」

渡された紙袋の中を覗《のぞ》くと、真っ赤なマフラーが丁寧に折りたたまれていた。

「いいの？」

「おう。凛っていっつも喉のコンディション気にしてるだろ？　冷たいものとか全然飲まないし、風邪引かないように注意してるし。だから凛の喉を少しでも守ってくれるようにと思って。ただ、俺センスないからどういうのが良いのかわかんなくてさ、気に入らなかったらごめん」

「はじめ……」

「なんだ？」

「ありがとう！」

　感極まってはじめに抱きついた。

「おいおい、大げさだって」

　はじめは照れ臭そうにしていたけれど、気にせず抱きしめ続けた。

　私ははじめが好きだ。世界で一番大好きだ。

　お返しに私もリュックから取り出した箱を手渡した。はじめが前々からほしいと言っていたオレンジ色のスパイクだ。過去に戻る前、本来のクリスマスでも同じ物を渡していたから今回は違う物をとも思ったけれど結局はこれに落ち着いた。はじめにはやっぱり、サッカーが一番似合うから。

「凛……！　愛してる！」

　今度ははじめが私に抱きついてきた。

「あはは、大げさすぎ！」

「俺は本気だぞ！」

私も本気だ。口には出さず、心の中でこの温かな愛情を抱きしめた。

幸せだ。心の底から幸せだと思った。

幸福はクリスマス以降も続いた。ふたりで初詣に向かい、毎日夕暮れまで一緒に過ごし、夜は電話を繋げながら眠りにつく。本当に幸せな毎日。

だけど、私は知っている。この幸せには終わりがあるのだと。

冬休みを終えて始業式を迎えたその日、担任の女性が発した何気ない一言は私に不安の種を植え付けた。

「みなさんももうすぐ卒業ですね」

背筋に寒気が走った。その言葉は「もうすぐはじめが死んだ世界に戻ることになりますね」と脳内で不都合に翻訳されていた。

そう、今は一月。私に残された時間のおよそ三分の一が経過した計算になる。

途端に恐ろしさが込みあげてきた。はじめとの時間があっという間に過ぎるのは身をもって知っている。知っているからこそ、恐ろしい。

一月に入ってかれこれ十日になる。来週には月の半分が過ぎるし、再来週になればもう二月は目前。しかも二月は二十八日までしかない。他の月よりも早く終わるんだ。

三月に入って卒業式を迎えて、そうなったらもう——。

この生活が、終わってしまう。

初めから予期していながら先送りしていた考えに、ついに私の方が追い付いてしまったんだ。

幸せだったはずの日常は、徐々に焦燥感を纏《まと》う地獄に移り変わっていった。

「おはよう凛」

朝、はじめに声をかけられるたびに私は考えてしまう。あと何回、はじめと顔を合わせられるのだろう、と。

「最近寒いな」

「……そうだね」

はじめから貰ったマフラーを身につけるたびに思う。はじめが努力の結果を見せた末に渡してくれたこのマフラーも、未来に戻ればなかったことになる。

「はじめ、今日もうちょっと一緒に居られないかな」

「いいけど……もう八時だぞ。親御さんが心配するんー―」

「お願い」

切羽詰まった私の声に、はじめは「……わかった」と折れてくれた。私はずるい人間だ。どんな表情を作ってどんな声でお願いをすればはじめが聞き入れてくれるか、その優しさを知っている。悪用したくないその純粋さを、私は自分のためだけに利用してしまっている。

不安感は日を跨《また》ぐごとに増していった。

……嫌だ、怖い。

私は恐怖を紛らわせるためにはじめに縋り付いた。毎晩遅くまで電話を繋げ、睡眠時間さえも削った。眠るのが怖かった。明日が来るのが怖かった。けれど眠らずとも明日は来てしまう。何もかもが恐ろしかった。

別れが近付くほど焦り、ますます縋り付いて、そして余計に恐ろしくなる。どうしようもない最悪の悪循環に私は陥っていた。

せっかくクリスマスの日に忘れていた大切なことを思い出させてもらったのに、前を向くきっかけを貰えたのに、私は、私はあまりにも弱かった。


縋り付くような情けない日々を繰り返している間に二月を迎えた。

「みなさんも来月には卒業ですね」

担任の教師の言葉に私は咄嗟に耳を塞《ふさ》いだ。

腐った私の脳が「来月にははじめが死にますね」と、周りの言葉を捻《ね》じ曲げて耳に届けてくる。

「卒業式の日さ、みんなでご飯行かない？」

「いいね！　お祝いしよ！」

クラスメイトたちの言葉が、どうしようもなく私の心を不安にさせた。

「はじめが死ぬ日さ、みんなでご飯行かない？」

「いいね！　お祝いしよ！」

彼女たちがそう言っているように聞こえた。

「はじめが死ぬ日楽しみだね！」

「もうすぐはじめが死ぬのかぁ〜。時間はあっという間だね」

「あ〜早くはじめ死んでくれねぇかな〜」

放課後、教室の至るところからそんな声が聞こえた。

頭がおかしくなりそうだった。いや、私の頭はとっくにおかしかった。そうでなければ半年間も引きこもっていないし、つらくなるとわかっていながら過去に戻るなんて選択もしなかったはずだ。

「嫌、やめて……」

教室を飛び出した。はじめに会いたい。一秒でも早く、少しでも長く。会えば会うほどつらくなるのだとしても、もう私にはそれしか残されていなかった。

息を切らしながらはじめの教室まで行くと、はじめは「凛、どうした？」と私を迎え入れてくれた。

「はじめ……！」

周囲の目も憚ることなく、私は涙を流しながらみっともなくはじめに抱きついた。

周りがざわついていたけれど、もはやどうでもよかった。

「ちょ、凛……!?」

はじめはわかりやすく動揺しつつ「とりあえず外行こう、な?」と私の手を引いて校舎の外に連れ出した。

馬鹿だ、私。また気を遣わせてしまった。はじめにとっての私は高め合える存在で、支え合える存在でなければいけないのに。私が支えられてばかりだ。

「凛、大丈夫か……?」

校舎裏ではじめが私の背中をさする。大丈夫。そう口にしようとして、けれど喉からこぼれたのは吐息だけだった。

ああ、またこの感覚だ。私を苦しめ続けたあの失声症。それもそうか、はじめを失ったことで声が出せなくなったのだから、はじめを失いかけている今、声を出しづらくなるのは当然だ。

「はじめ、いかないで……」

かろうじて喉から出せたのはその言葉だけだった。

「俺は今ここにいるぞ、大丈夫」

違う。そういうことじゃない。そういうことじゃないんだよ……。

「凛、俺に何かできることはないか？」

じゃあ、死なないでよ。

どうして私を置いていったの？　私も連れて行ってよ。

ああ、だめだ。このままじゃ、私はまた……。

「また、元通りになっちゃうよ……」

あの絶望に塗れたあの生活にはもう、戻りたくない。

しばしの静寂が訪れた。はじめは目を閉じ、私の嘆《なげ》きを受け止めようとしていた。

やがて、はじめは「凛」と小さく私の名を呼んだ。

「俺をよく見ろ」

そう言って両手を私の両頬に添えてきた。

「俺は〝まだ〟生きてる。あと一ヶ月も生きていられるんだ」

「……え」

あと一ヶ月。どうしてはじめがそれを知って――。

――いや、違う。私はとんだ思い違いをしていた。そうだ、そもそもどうして私だけが過去に戻っているなどと思っていたのだろう。

思い返せば、はじめは時折、私の記憶とは違う行動を取っていた。あれはてっきり泣いていた私をよくわからないまま慰めているのだと思っていたけれど、もしもそうじゃなかったのだとしたら。はじめが私を抱きしめてくれたのも、あのクリスマスに歌を聴かせてくれたのも、喉を守るためにマフラーをくれたのも、全部、全部――。

「隠しててごめん。本当は全部知ってたんだ」

そう言って、はじめは全てを話してくれた。

「……幽霊ってやつかな、事故に遭って死んだ後、ふらふら街を彷徨《さまよ》ってたんだ。最初は自分が死んだって気付いてなかった。だけど家に帰ると両親が泣いてて、声をかけても気付いてもらえなくて、触れようとしても体をすり抜けてさ。そんでふたりが葬儀の準備をし始めた頃、ようやく気付いたんだ。あぁ、俺は死んだんだって」

はじめは「信じられないだろ？」と苦笑した。

「すげぇ落ち込んだ。俺の夢はここで終わりかよって。もう死んでるくせに死ぬほど悔しかった。でも、それ以上に悔しかったことがあったんだ。何だと思う？」

少し考えて、私はわからないと首を振った。

「凛の夢だよ。ごめんな、キモイって思うかもしれないけど、死んだ後、凛のことが気になって様子を見に行ったんだ。凛がここに戻ってくるまでの半年間、ずっとそばにいたんだ」

突然、はじめが力強く私を抱き寄せた。

「ごめんな……。苦しかったよな、つらかったよな……。置いていってごめん、ひとりにしてごめん」

後悔に塗《まみ》れたその言葉は、瞬く間に私の目頭を熱くした。意思とは無関係に涙がこぼれ、私は「寂しかったよ……」と弱々しくはじめの服を掴んだ。

「何度も声をかけたんだ。俺はここにいるって、そばにいるぞって。でも届かなくて、凛はみるみるうちに痩《や》せていって声も出せなくなって……。なのに何もしてあげられない自分がたまらなく憎かった。それで、凛が死のうとしたあの日、俺のところに白猫が来たんだ。チャンスを与えるって」

「チャンス……？」

ああ、とはじめは頷いた。

「凛が前を向くためのチャンスをくれるって言ったんだ。この三ヶ月を使って俺の死を乗り越えさせろって。だから本当は俺も凛と全く同じタイミングでこの世界に戻ってきてたんだ」

「そんな話、私は聞いてな――」

言いかけて、そういえばと白猫の発言を思い出した。

『――ボクの仕事は、そうだなあ。簡単に言えば死んだ人間、もしくはこれから死ぬ人間にチャンスを与えることかな』

死んだ人間やこれから死ぬ人間。私はてっきり、死のうとしている私に白猫がチャンスを与えに来てくれたものだと思っていた。

でも白猫が本当に機会を与えていたのは、私ではなくはじめの方だったんだ。

そうか、だから白猫は私が「チャンスって具体的に何？」と訊《たず》ねた時に答えてくれなかったんだ。私ではなくはじめに与えていた機会だったから。

「本当はもっと早く打ち明けるべきだと思ったけどさ、ここに戻ってきた時に泣いていた凛の顔を見ると『俺の死を受け入れろ』なんて言い出せなくて、それに俺だってまだ完全に現実を受け止められたわけではなかったから、最初のうちは俺も純粋に凛との時間を楽しもうって思ってたんだ」

はじめは「実際、最初は本当に楽しかった。クリスマスの日も、このままなら凛は前を向けるかもって思ってた」と憂い気に続けた。

「でも、そうだよな……。そんな簡単に乗り越えられたら苦労しないよな。俺だって凛と離れ離れになるのはつらい。だから今日までずっと言い出せなかった。この話をしたら嫌でも別れを意識することになるからさ……。隠しててごめん」

「……私もそうだよ。過去に戻ってきたのを隠して、ただはじめとの時間に溺《おぼ》れてた。別れのことなんて後回しで、ただはじめと一緒に居たかった……」

掠れた私の声は今にも消えてしまいそうだった。

「なぁ、凛」

はじめが私の名を呼ぶ。私とは対照的な、力強い声で。

「俺はもうじき居なくなる。それはもう変えられない。俺は夢を叶えられなかった。だけど凛は違う。凛にはまだ可能性がある。これから先、いくらだって輝けるんだ。だから、前を向いてほしい」

「そんなこと言われたって……」

私には無理だよ。私は弱い。はじめがいなきゃ何もできない人間に成り下がってしまった。はじめのいない世界で夢を追う勇気も、生きていける自信すらない。

「そんなに簡単に割り切れるなら悩んだりしないよ……」

違うのに。そんなことを言いたいわけじゃないのに。私だって前を向きたい。はじめの気持ちに応えたい。だけど、どうしても、私ははじめの死を、はじめのいない世界を受け入れられない。

「私は……」

言い終わる前に、はじめはもう一度私の頬に手を添えた。

「凛、言っただろ。俺はまだ生きてる。確かに俺は死ぬ。いや、死んだ。でも今はこうしてここにいる。俺がいなくなった未来じゃなく、今ここにいる俺の言葉をちゃんと聞いてくれ」

「はじめ……」

はじめは優しく私を抱擁し、それから面と向かい、力強く言い切った。

「俺は凛が好きだ。夢に向かって進み続ける凛のことが好きなんだ。世界一になるって言った俺を凛だけは笑わずに応援してくれた。あの時俺がどれだけ嬉しかったか凛ならわかってくれるはずだ」

世界一のサッカー選手になる。成長するにつれ多くの人が諦め、夢物語だと笑うそれを、はじめは本気で追いかけ続けていた。私の目にはそんなはじめが輝いて見えていて、いつだって私ははじめを応援していた。

……そっか、はじめから見た私もそうだったんだ。

「わがままを言ってるのはわかってる。これは俺の気持ちの押し付けだ。だけど俺はやっぱり凛には夢を諦めてほしくない。俺の死を悲しむなとは言わない。病んでもいいし、休んでもいい。でも、夢と命だけは捨てないでほしいんだ。これがあの日事故で死んだ俺でも卒業後の半年間の俺でもない、今この瞬間ここにいる俺の気持ちだ」

「今のはじめ……」

「そうだ。それに考えてもみろよ、死んだ人間がこうしてここにいるんだぞ？　死後の世界があるって証明じゃん。俺はずっと凛の近くにいたし、神様の使いとかいう訳わからん存在もいるくらいだし。死んだら全部終わりってわけじゃない。未来に戻っても俺はずっと凛を応援してる。凛が寿命でこっち来るまでは再会できないかもだけど、でも二度と会えないわけじゃない。俺はただ先の場所に行くだけだ」

「……そっか、それもそうだよね」

つくづく、私は悲観的な人間だと思う。本当に馬鹿だ。馬鹿すぎて呆れてしまう。

私は自分のことしか見えていなかった。私を見つめるはじめの、その覚悟と奥底にある悲しさを知るまで、何ひとつ今のはじめを見ていなかった。

それに、本当につらいのは私じゃない。真に苦しいのは志《こころざし》半《なか》ばで道を断たれてしまったはじめの方だ。なのにそのはじめがこうして前を向いていて、まだ未来のある私がくよくよしている。

私はそれでいいの？

わかってる。いいはずがない。

「ねぇ、はじめ」

「なんだ」

「卒業してはじめがいなくなってもさ、私たちは恋人だよね。だって別れ話なんてしてないんだもん」

「当たり前だ。俺たちはずっと恋人だ」

そうだ。私たちは互いに鼓舞《こぶ》し合い、高め合い、夢に向かって進んでいく。それこそが私たちの恋愛。彼女としての私の役割。

だとしたら、私はこんなところで立ち止まっていいはずがない。

「はじめ」

「どうした」

「残りの時間、全部私にちょうだい」

「おう。最初からそのつもりだ」

はじめが居なくなるのは怖い。どれだけ身構えていても私の心はまた傷つくだろう。けれど、それは立ち止まる理由にはならない。私がはじめの恋人である限り、私は常に前を向かなければならない。

だからどうか、最後に進み続ける強さを私に分けてほしい。あなたのいない世界で、あなたの代わりに夢を叶えられるだけの強さを私に分けてほしい。

最後の一ヶ月で私が望むのは、ただそれだけ。

「卒業祝いだ。俺が凛に最高の時間をプレゼントしてやる」

「うん、ありがとう……！」

「だよね」

それから最後の一ヶ月間、私たちは片時も離れなかった。

卒業と同時に全てが巻き戻るという共通認識ができたおかげで、私たちは「逆に考えれば何をしても許される」というある種無敵に近い吹っ切れ方をしていた。両親の反対を無視して旅行をしたり、夜遅くまで遊び歩いたり。本来の時間軸なら実行できなかったはずの、今でなければ許されない日々。

私は毎日頬が痛くなるまで笑い、毎日名残惜しさに涙を流した。

そのたびにはじめは私を抱きしめてくれた。抱きしめられるたびに、前を向くための心の力が強くなっていくのがわかった。

時間はこれまで以上にあっという間に過ぎていった。別れまでのたった一ヶ月は楽しくて、悲しくて、でもやっぱり幸せで、私は心の底からはじめが好きなのだと数えきれないほど再認識させられた。

夢を叶えられなかったはじめの分まで私は進み続ける。それが私の使命。

歌手になるという私の夢は、もう自分ひとりの物ではなくなっていた。

──そして、その日はあっという間に訪れた。

「えー、卒業生のみなさん、本日は誠におめでとうございます。校長として皆様の門《かど》出《で》を祝うことができ、私は心の底から嬉しく──」

いつもは長く退屈な校長先生の話も、今の私にはやはり早すぎるように感じられた。

結局最後の最後まではじめの死を受け入れられなかったけれど、大切な夢だけは取り戻せた実感がこの手の中にある。この一ヶ月は、少しだけ私を強くしてくれた。

「卒業証書、授与。名前を呼ばれた卒業生は前に出てください」

一組から順に生徒の名前が呼ばれていく。少しずつ卒業式が終わりに近付いていく。

「成世一」

「はい！」

遠くの席にいるはじめが力強く立ち上がった。胸を張って堂々と歩き、両手で証書を受け取り席に戻っていく。その直前で、はじめは私の方を見た。次は凛の番だ、堂々と受け取れ。言葉はなくとも、目だけでそう言っているのがわかった。

任せて。私も目だけでそう応えた。

この日を迎えるにあたって、私たちの間にはひとつ約束が取り決められていた。

それは、決して泣かないこと。別れを悲しむ涙は私たちには相応《ふさわ》しくない。今日は別れの日ではなく、夢への道が開く始まりの日。だから私たちは泣いてはいけない。

「三波凛」

「はい……！」

名前を呼ばれ、私も堂々と立ち上がった。卒業証書を受け取り、「泣いてないよ」

と強気な笑みではじめに訴えかける。はじめは頷きながら笑ってくれた。

全ての生徒に証書が授与された。周囲には既に泣いている生徒がちらほらと居て、思わず貰い泣きしてしまいそうになった。

そっと目を瞑《つむ》る。余計な情報は極力目に入れないようにしよう。

答辞、表彰が終わり、残すは校歌斉唱のみ。着実に、終わりの時が迫っていた。

「校歌斉唱」

体育館内に響くマイクの音に卒業生一同が立ち上がる。次いで音楽の先生がピアノの席に着いて姿勢を正した。彼女のしなやかな指が鍵盤に触れ、伴奏が始まる。

ああ、もうすぐ終わってしまう。卒業式が終わって校門をくぐったら、私は元の場所に戻ることになる。そうしたらもうはじめには会えない。

「……っ」

生徒たちが歌い始める中、私は固く口を閉ざした。少しでも口を開いてしまったら何かが溢れ出るような予感があった。

終わる。終わってしまう。

目も口も閉ざしていても、抑えようとしていたそれは徐々に込みあげてきた。喉元を過ぎ去り、じわじわと目頭に溜まっていく。

……嫌だ。まだ終わりたくない。

その時だった。

「凛！　歌え！　世界一になるんだろ！」

遠くの席から全ての歌をかき消さんばかりの声が聴こえてきた。一瞬だけあたりがざわつき、しかしすぐに元の歌に戻った。いや、戻ってなどいない。ひとりだけ、明らかに音程を外している生徒がいる。誰よりも不器用な歌声で、でも誰よりも声量を持って、堂々と歌いあげている生徒がいる。

私は、その人の歌声をよく知っている。ずっと聴き続けてきた、愛しい人の歌声を私は知っている。

「……はじめの馬鹿」

いくら全部なかったことになるからって目立ち過ぎだ。恥ずかしいことこの上ない。でもそうだ、ここで涙を堪《こら》えるために黙って過ごすようでは私は到底歌手になどなれない。世界一を志す人間がたかだか校歌くらい完璧に歌えずしてどうする。

大きく息を吸い込み、はじめにも負けない声量で熱唱する。負けじとはじめの声も大きくなってきた。張り合うように歌う私たちに感化されたのか、段々と生徒全体の声量まで上がってきていた。それでも私ははじめの歌を聴き逃さなかった。

聴き逃すはずがなかった。はじめはいつだって、しなくてもいいへたっぴなビブラートを効かせながら歌うのだから。あの卒業式の時も、カラオケで八十点を取った時も、今日だってそうだ。

だけど、今日のそれはいつもとは違う。不器用に声を震わせるいつものビブラートではない。もっと細かく、途切れそうに、けれど必死に繋ぐように――まるで泣いてるような、そんな声だった。

はじめの声が私の鼓膜を揺らす。時折嗚咽《おえつ》が混じり、とても歌とは思えない心の内をただただ曝《さら》け出すような声に、私は心の中でひとり呟いた。

嘘つき。泣かないって言ったくせに。

けれど、そう思う私の声もまた、歪《ゆが》んでしまっていた。はじめと同じ、へたっぴなビブラートに。

「閉式の言葉」

短い言葉に締め括《くく》られ、私たちは学び舎《や》を後にした。

校門をくぐる生徒たちを横目に、私は門扉《もんぴ》の横に立ち尽くす。塀のすぐ向こうにはまだ咲いていない桜の木が肌寒そうに立っていて、私は「そうだ」と鞄《かばん》からマフラーを取り出して首に巻きつけた。

「凛」

背後から声がかかる。

振り返った先に立っていたはじめの目は、案の定赤らんでいた。

「はじめの嘘つき」

「凛だって声震えてたぞ」

「あれは……ビブラートだから」

「はは、そっかそっか」

はじめは悪戯《いたずら》な笑みを浮かべて私の隣に並んだ。わざとらしく言いながらも赤らんだ彼の目は真剣そのものだった。きっと私の目もそうなっているから不安で仕方がないのだろう。

「ばーかっ！　何しんみりしてるの！」

だから私は全力で笑ってみせた。私たちに涙は似合わない。つらくてもいい。悲しくてもいい。でも、前に進むんだ。ありがとうはじめ。あなたが私をここに呼んでくれなかったら私はあのまま大切なものを全て失っていた。

「それでこそ凛だ」

そう言って、はじめも笑ってくれた。

これでいい。こうやって笑い合う姿こそ私たちの理想なんだ。

それからしばらくの間、私たちは無言のまま隣り合っていた。言葉はなかった。より正確には、必要なかった。

ただそこにいる。それだけで今の私たちには充分だった。

最後に訪れた幸福な沈黙を私たちは精一杯噛み締めた。

けれど、いつまでもこうしてはいられない。

「それじゃ、そろそろ帰るか」

「うん」

名残惜しさはある。寂しさも、恐怖も、ずっとこの胸の中にある。

でもそれ以上に、進み続ける理由をもらった。

「凛、絶対世界一の歌手になれよ。俺のところまで聴こえるくらいの」

「任せて。届かせるから、絶対に」

歩き出した私たちは一歩ずつ校門に向かっていく。

「あ、そうだ」

ひとつ大事なことを思い出した。

「どうした？」

首を傾《かし》げるはじめに抱きつき、それから私は力いっぱい胸元のボタンを引っ張った。

「これ、前は貰い忘れてたから。強奪《ごうだつ》！」

へへ、とボタンを見せつけながら笑ってみせた。

このボタンもマフラーも未来には持っていけないけど、でも今ここにいるはじめから貰ったという事実だけ持って帰れればそれでいい。

その事実だけあれば私はこれからも進み続けられる。

「おい、それだけじゃ足りないだろ！」

突然、はじめが残るボタン全てを引きちぎって無理矢理私の手の平に収めてきた。

「全部持ってけ！」

「わわっ、あふれるって！」

「落とすなよ！」

わちゃわちゃとふたりして盛り上がり、そして、本当に最後の瞬間が訪れた。

「……じゃあな、凛」

校門をくぐろうとする私の横で、はじめが足を止めた。

そう、ここから先へ、未来へ行けるのは私だけだ。

私は足を止めなかった。一度でも止めてしまえばもう二度と先に進めないような気がした。だから私は止まらない。進み続ける。

「ありがとう、はじめ。大好きだよ」

最後の最後に、振り返らずに私はそう言った。

背後から啜《すす》り泣くような声が聴こえたけれど、私は振り返らない。

涙は流さない、それが私たちの約束だ。

だからこれでいい。顔さえ見なければはじめが泣いているかなんて最後まではわからないのだから。はじめも私の顔を見れないのだから。

ありがとうはじめ。

そして、さようなら。私の大好きな人。

※※※

気がつけば私は夜の橋の上に横たわっていた。

「戻ってきたんだ……」

長い夢を見ているようだった。

はじめが居ない現実を見渡すと、やはり悲しみを感じずにはいられなかった。命を断とうとしたあの頃と同じ世界が今もここには広がっている。

ただ、全てが全て同じというわけでもない。

寝転んだまま、私は静かに口を開いた。

「あーあー。……うん、喋れる」

今の私には声がある。また歌える。未来もある。これこそが、はじめが私に残してくれたものだ。だから悲しくても私は絶望しない。

ふと、手の平に何かが当たった。

「……あれ？」

地面にははじめから貰った大量のボタンが転がっていた。よくよく見れば首にはマフラーまで巻かれている。

どうして残っているんだろう。確か、全て元通りになるはずじゃ……。

「やあ」

聞き覚えのある声がした。欄干に目を向けると、白猫が私を見つめていた。

「猫ちゃん……！　これ、どういうこと？」

「いやー本当は全部元通りになるルールだったんだけどね、ボクの手違いでうっかり持ってこさせちゃった。いやはや、本当にうっかりだ」

「つまり、おまけしてくれたってこと？」

「いやいや、手違いだよ。そういうことにしといて。じゃなきゃ怒られる。いやどのみち怒られるんだけども」

なんてお人好《よ》しな人……いや、猫なんだろう。

「ありがとね」

「だから手違いなんだって〜頼むよ〜そういうことにしといて！」

困ったように言いつつ、白猫はどこかまんざらでもない様子だった。

「それと、これあげる。たまたま、本当に偶然そこに落ちてたのをボクが超気まぐれで拾っただけの、ただの紙切れ。それじゃ、ばいばーい」

折りたたまれたメモ用紙を私に渡すと白猫は透けるように姿を消した。

渡された紙を開く。そこには手書きの文字でこう書かれていた。

《おいおい、あんなへたっぴなビブラートで本当に世界一になれるのか？》

思わず笑ってしまった。

紙を折りたたみ、丁寧にスマホのケースに挟み込む。それから深く息を吸った。

「ばーかっ！　なれるもん！　見てろー！」

もう私の声は奪われない。この夢も捨てない。

だから、見ててはじめ。

私は必ず、世界一の歌手になってみせるから。

わたしの特等席

宇山佳佑

弱い自分から、ダメな自分から、
今日で卒業しようと思った……。

お母さんの背中は、わたしの特等席だ。

すごくすごく大きくて、すごくすごく温かい。ついつい居眠りしたくなる優しい背中。わたしは買い物の途中に、一緒に出かけた登山の途中に、近所の土手《どて》を歩いている途中に、いつもちょっとだけ嘘《うそ》をつく。「ねぇ、お母さん。疲れたから、おんぶして」って。ほんとはちっとも疲れてないのに、そんなふうに嘘をつくんだ。

お母さんは嫌な顔ひとつしないで「いいよ」と笑ってしゃがんでくれる。だからわたしは飛びつくように、わたしの特等席にしがみつくんだ。

でも、お母さんは言った。

「いつか大きくなったそのときは、おんぶは卒業しなきゃいけないよ」って。

そんなふうに言われることが悲しかった。

あと何年、何ヶ月、何日、ここにいられるのかな。

そんなことを思いながら、わたしはお母さんの背中で目を閉じた。

ずっとずっと、ここにいたいなって願いながら。

いつまでもいつまでも、ここがわたしの居場所でありますようにって願いながら。

だけど、あっという間に卒業することになっちゃったね。

わたしはすぐに失った。

あの大きくて温かい、世界で一番の、わたしだけの特等席を……。

❀

鎌倉《かまくら》の春の朝は七色の輝きに満ち溢《あふ》れている。海辺《うみべ》をゆく江《え》ノ電《でん》の車窓《しゃそう》の向こうに広がる太平洋は、新鮮な太陽の光を浴びて、万華鏡《まんげきょう》のように一瞬一瞬にその色を変化させている。幾千《いくせん》、幾万、幾億の光が乱反射して、上空に浮かぶ雲の縁《ふち》を柔らかなレモンイエローに染め上げると、その甘やかな色を目指すように海鳥《うみどり》たちが風に乗って空高くまで舞い上がってゆくのが見えた。

毎朝この景色を眺《なが》めることが、新木真歩《あらきまほ》にとって至福《しふく》の時間のひとつだった。ドアの脇に立ち、窓ガラスに朽葉《くちば》色のブレザーの肩を預け、ぼーっとのんびり海を眺める。春の日差しが今日はやけに温かかった。つい一時間ほど前まで、ビルが偉そうに聳《そび》える大都会・東京にいたとは思えないほど豊かで長閑《のどか》な風景だ。

同じ車両には、彼女が通う聖廉《せいれん》学園中等部の生徒たちが大勢いる。九人掛けのロングシートでは、ひとつ年下の二年生の女子たちが推《お》しのアイドルの話で盛り上がっている。車両の後方では制服をだらしなく着たバレー部の男子たちがじゃれ合いながら笑っている。今日は朝練がないようだ。ああ、そうか。明後日は卒業式だ。体育館は式の準備で占拠《せんきょ》されているんだった。真歩は心の中でポンと手を叩《たた》いた。

クリーム色と深緑《ふかみどり》色のレトロな車両が海辺のホームにゆっくり停車すると、生徒たちがぞろぞろと降りていった。真歩もそのあとに続いた。

バスケットボール漫画の聖地と言われる踏切《ふみきり》を背に山の方へと歩いていると、「新木、おはよう！」と肩をポンと叩かれた。中学三年生にしては少し大人びた顔をした同級生の志田純也《しだじゅんや》だ。かつてはソフトテニス部で副部長をしていたが、早々に引退して今は髪がかなり長い。わたしとしては短髪のときの方が、まぁまぁ、なかなか、結構、タイプだったんだけどな……と、真歩は彼に隠れてこっそり思った。

「いよいよ明後日だな、卒業式。ドキドキしてきた？」

「ドキドキ？　どうして？」

「挨拶《あいさつ》だよ、挨拶。卒業生代表の」

「ううん、まだ全然」

「へぇ、随分《ずいぶん》と余裕だな」

「余裕なんてないよ。実感が湧《わ》かないだけ。本当にわたしでよかったのかなぁ」

「当たり前だろ。なんせ新木は神奈川ビブリオバトルで準優勝してるんだから」

「あれはたまたま。ほら、わたしって通学時間が長いでしょ？　一時間半もあるから、たくさん本を読めただけだよ」

「謙遜《けんそん》すんなって。それだけじゃ準優勝はできないよ。代表に選ばれたのだって、人前で物怖《ものお》じせずに堂々と話せるところを評価されたんだ。挨拶、期待してるよ」

「それプレッシャー」

「悪い悪い。原稿は？　もうできたの？」

「うん。昨日ようやく先生にオッケーもらえた」

「どんな内容？」

「それは内緒《ないしょ》。当日までのお楽しみ。なんてね、当たり障《さわ》りない内容だよ。『晴れ渡るこの素晴らしい日に、わたしたちは卒業をすることができます』みたいな」

「雨だったらどうするの？」

「縁起《えんぎ》でもないこと言わないで」

「だな」と彼は片目を閉じて顔の前で軽く手を合わせた。「でも、マジで誇《ほこ》らしいよ。同じクラスの学級委員の相方が代表で挨拶するだなんて。明後日は俺の方が緊張しそうだなぁ」

　相方か……。その言葉がじんわり胸に広がった。坂を上る足も心なしか軽やかだ。

　真歩たちが通う中学校は、駅から続く急峻《きゅうしゅん》な坂道を上ったその先にある。息を切らしてやっとの思いで坂を上ると、そこからさらに百段の石段が続く。上り切って、ようやく校舎に辿《たど》り着けるのだ。教職員たちは少し離れた裏手の坂道を車で上ることができるが、生徒たちは雨の日も、風の日も、嵐の日も、この階段を自らの足で上らなければならない。それが学校のしきたりだ。

幼い頃の母との登山経験によって足腰には多少の自信があった真歩だったが、三年前の入学試験の際には、この階段を前にして思わず踵《きびす》を返しそうになった。しかし帰るわけにはいかない。どうしても合格したい。生徒の自主性を重んじる校風に心惹《ひ》かれたこともあるが、彼女は〝とある理由〟でこの学校を志望していた。

それは、家から遠く離れていたからだ。

「あ～疲れた！　マジで辛《つら》い！」

弱音を吐きながら、ひいひい言いながら、よろめきながら階段を上る純也。一方、後ろに続く真歩は余裕だ。少し汗ばむ程度で息もほとんど上がっていない。

「部活引退してから全然運動してないんでしょ」とからかうと、彼は「バレたか。最近ゲームばっかりだ」と苦笑いしていた。そんなささやかなやりとりが今日も楽しい。駅から学校までの十五分間は、誰にも邪魔されたくない至福の時間のもうひとつだ。

「ほらほら志田君、頑張って。この階段も明後日でおしまいだよ」

高等部の校舎は隣町にある。いよいよ平地に移動できる。

石段の脇にはソメイヨシノが段に沿うようにして植わっており、枝では眠そうな花たちが目を擦《こす》っている。まだ七分咲きといったところだろうか。例年よりも気温が低いせいで、花はいつまでも蕾《つぼみ》という名の布団《ふとん》の中に閉じこもっているみたいだった。

「だけど、親御さんも誇らしいよな」

　前をゆく純也が荒い呼気《こき》に声を交じらせながら言った。真歩は足を止めそうになった。「どうして？」と訊《たず》ねると、彼は首だけで振り返って、

「だって娘が卒業生代表だもん。そりゃあ誇らしいだろ。当日は来るんだろ？　新木のお母さん」

「どうかな……。仕事、忙しいみたいだから」

「子供の卒業式だぜ？　普通は来るだろ。てか、来てほしい」

「来てほしい？　どうして？」

「だって俺、新木のお母さんに会ってみたいし」

「なんで会ってみたいのよ」

「だってほら、まだ一回も学校に来たことないだろ？　俺ら三年間一緒のクラスだけど、授業参観は毎年忙しくて来られなかったじゃん。だからなんか興味あってさ」

「そんなこと言ったら、志田君のお母さんだって。わたしは一度も見たことないよ？」

「うちの母さんはどこにでもいる普通の人だよ。見たって面白くないさ。でも新木のお母さんは違う気がするな。きっとスゲー綺麗《きれい》だろうし」

　本当だったら嬉《うれ》しい言葉なのだろう。暗に真歩のことを綺麗だと褒《ほ》めているのだから。しかし彼女の心には届いていない。動揺で胸がざわめいていた。

「うちだってそうだよ」

真歩はやっとの思いで言葉を紡《つむ》いだ。

「うちのお母さんも、どこにでもいる普通のお母さんだよ……」

そう言って曖昧《あいまい》に笑うと、彼を追い越して階段を上った。そして一番上で踵を返す。

高台に位置するこの場所からは朝日に染まる湘南《しょうなん》の海と街がよく見える。うんと綺麗な風景だ。しかし今日は美しいとは思えなかった。真歩の心のざわめきが、この世界の色を鈍《にび》色に変えてしまっていた。

卒業式を目前に控えたこの時期になると授業はもうない。卒業生の彼らがやることといえば、式の流れのおさらいと、合唱の練習、それから謝恩会《しゃおんかい》の準備くらいだ。

三年C組では学級委員である純也と真歩が中心となって、卒業式のあとの謝恩会の内容が随分前に決められていた。担任と副担任の先生に感謝のしるしとして、パーティーの席で手製のフォトアルバムと歌をプレゼントするつもりだった。準備も着々と進んでいる。この日もクラスのみんなで笑い合いながら、ふざけ合いながら、謝恩会の準備を進めていた。手よりも口の方が動いてしまうのはいつものことだ。

「――なぁ、新木。ちょっといいか？」

午後三時を過ぎた頃、純也に声をかけられた。

自宅が遠いからそろそろ帰ろうかな、と考えていた矢先だった。

純也はやけに緊張している。「どうしたの？」と戸惑いながら首を傾げると、彼はクラスメイトたちの視線を気にしながら「ちょっと」と小さく手招きをした。ただならぬ緊張感に真歩の心臓は肋骨《ろっこつ》の下で暴れ出した。

ま、まさか……告白だったりして！

屋上に場所を移した二人は、朝とは比べものにならないくらいに距離を取って立っている。純也は無言のまま、遠くの太平洋の煌《きら》めきを眺めていた。真歩は彼の様子を横目でこっそり窺《うかが》いながら、なにか言ってよ……と心の中で唇を尖《とが》らせる。

髪の毛を耳にかけたが、南風が真歩のセミロングの髪を乱す。その髪の隙間からチラッと彼のことを見ると、心なしか純也の頰《ほお》がほんのり赤いような気がした。日差しのせいではなさそうだ。そんな緊張の色に染まる横顔を見ていると、こっちまでドキドキしてしまう。真歩は純也にバレないようにブレザーの胸の辺りをぎゅっと握って深呼吸を一回、二回、それからもう一回――、

「あのさ！」と彼が大声を上げたので、咳《せ》き込んでしまった。

「ご、ごめん、驚かせて……」

真歩はううんと頭を振った。

「へ、平気平気。それで、えっと、なに？　続けて」

純也は「うん。あのさ……その……」と口ごもった。

その姿を見て、いよいよ確信した。

これは絶対、告白だ！

純也とは一年生の頃から仲が良かった。同じ漫画が好きだったことが縁《えん》で仲良くなって以来、同じ動画で笑って、同じ音楽に夢中になって、同じ時間の電車で通学している。そんないくつもの〝同じ〟が二人の仲を近づけていった。

でも待って、と真歩は思う。今から思えば、それって全部わたしに好かれようとして、志田君があえて合わせてくれていたんじゃないの？
・・・
気のせい？　自惚《うぬぼ》れすぎ？　調子乗りすぎ？　いやでも……。

純也は唇をきゅっと結んで恥ずかしそうに俯《うつむ》いている。

その顔は、どう考えても恋する男の子のそれだった。

志田君は、多分、きっと、わたしのことが好きなんだ……。

でもでも待って、と真歩はまた思った。

告白されたらＯＫするの？　それって付き合うってことだよね？

じゃあわたしたち、今日から恋人同士ってこと？

突然の青い春の到来に目の前が真っ赤に染まった。

「俺さ、新木に伝えたいことがあって」

き、来た……。真歩は下っ腹に力を込めて「は、はい」と頷《うなず》いた。

だが次の瞬間、彼の顔が真っ青に染まった。

どうしたんだろう？　その視線を追いかけて振り返ると、背後のドアの隙間からこちらを覗《のぞ》くクラスメイトたちの姿が見えた。彼らはバランスを崩して屋上に溢れ出してしまった。純也は「お前ら、なに覗いてんだ！」と怒った。そして「悪い、新木。また今度」と照れくさそうにクラスメイトを追いかけていった。そんな耳をすましたくなるような甘い甘い青春の一コマに、真歩はくすりと微笑《ほほえ》んだ。そして、心の内でしみじみと思った。

緊張したぁ……。でもよかった。この学校に入学することができて。

家から遠いこの学校を選んで、本当に本当によかった。

これからもこんな日々がずっと続けばいいな。高等部へ行ってからもずっと。

だからこそ――。

今朝、純也に言われた言葉を思い出した。

――だって俺、新木のお母さんに会ってみたいし。

だからこそ、諦めてもらおう。

お母さんに、卒業式に来ることを……。

自宅最寄り駅である二子玉川《ふたこたまがわ》駅に着いたのは六時よりも少し前だった。これでも授業があるときに比べれば早いくらいだ。通学で一時間半もかかるから部活動はしていない。本当だったらみんなみたいに部活に青春を捧《ささ》げてみたかった。だけど遠くの学校を選んだのは自分だ。わがままは言っちゃいけない。今だって十分すぎるほど恵まれているのだから。

駅からしばらく歩くと多摩川《たまがわ》の土手に出る。夕暮れに染まる対岸《たいがん》の街並みを眺めながら家路《いえじ》につくのが真歩の日課だ。沈みゆく太陽が川の向こうに浮かぶ低い雲を群青《ぐんじょう》色に染めている。空と地上の境目は桃色に染まり、空高くなるにつれて、だんだんとその色を青色へと変化させてゆく。それよりさらに高いところでは白く輝く月が笑っている。今日の空はいつになく美しかった。もしかしたら卒業を間近に控えたセンチメンタルな気持ちが、この世界の色を鮮やかに彩《いろど》っているのかもしれない。

桃色の空を眺めていると、さっきの純也の頬の色を思い出してしまう。

さっきのあれは、やっぱり告白だったのかなぁ。

そう思うと胸が高鳴った。

ＬＩＮＥで訊《き》いてみようかな？　ううん、そんな勇気なんてない。でもな、明日も駅で会うだろうし、ちょっとだけ気まずいな。それにあと二日で卒業式だ。ということは、明日もまた呼び出されるかもしれないぞ。そのときは、ＯＫしようかな……。

思わず頬が緩《ゆる》んだ――が、視線を前に戻した途端《とたん》、真歩の心を染めていた幸福の色は春風に溶《と》けて消えた。見慣れた背中を見つけたからだ。

カーキ色のジャケットと黒いチノパンツといったラフなビジネスカジュアルの服装をした女性がいる。束ねた黒髪が歩く度にゆらゆらと揺れている。

新木歩美《あゆみ》――真歩の母親だ。

真歩は思わず目を背《そむ》けてしまった。

お母さんの歩き方を見ると、いつも胸が痛くなる。

母の手には折りたたみ式の杖があった。

杖をつき、右足を大きく円弧《えんこ》を描くようにして、振り出すようにして、歩いている。言葉は悪いが、不格好な歩き方だ。母は病気によって右足が痺《しび》れて、上手《うま》く歩くことができなかった。大変そうに、辛そうに、一歩一歩ゆっくり足を前に出している。

どうしよう、このままじゃ追いついちゃう……。

そう思うと、真歩の足は前に出なくなった。

母の歩《あゆ》みは遅く、後ろからやってきた人たちにあっさりと追い抜かれている。談《だん》笑《しょう》するおばさんたちに、小さな子供に、犬を連れた散歩の人に、母は軽々と追い抜かれていた。まるで『うさぎと亀』の亀のような歩みだ。

昔はそんなことなかったのにな……。

お母さんは足が速かった。すごくすごく速かった。小学校の運動会の保護者リレーで一番になったりもしていた。運動が得意で、この河川敷《かせんしき》で一緒にサッカーをして遊んでくれたこともあった。いろんなところにたくさん出かけた。ピクニックにも出かけたし、登山にだって連れていってくれた。

わたしは山を登るお母さんのことが好きだった。荒れた道でも軽々と、難なく上ってゆくその姿が格好良かった。それに、疲れたらいつもおんぶをしてくれた。

お母さんの背中は、わたしにとって世界で一番の特等席だった。

でも――と、真歩は今の母の背中を見た。

でも今は見る影もない。

あの足じゃ、山道は歩けない。あの小さな背中じゃ、わたしのことは背負えない。

そんなことを思う度、真歩の胸は苦しくなった。

お母さんは変わっちゃったんだ……。

そう思うことが切なくて、なによりも悲しかった。

向かいからやってきたランニング中の男性が母のことをチラッと見た。いつものことだ。みんな無意識に普通とは違う母の歩き方に目を奪われてしまうのだ。

母とすれ違った男性がこちらへ向かって走ってくる。

真歩は視線を斜め下へと逸《そ》らした。

親子だって思われたくない……。そんなひどいことを知らず知らずのうちに考えてしまっていた。悪いことだと分かっている。でも思春期を迎えてからというもの、ついそんな思いに心を支配されていた。

お母さんが立ち止まった。

背中が痛いのだろうか？　ぐうっと背筋を伸ばして、ぽんぽんと腰を叩いている。足が悪いせいで腰への負担が大きく、背骨も少し曲がっている。五分も歩くと疲れてすぐに立ち止まってしまうのだ。

「あら？　真歩じゃない」

背中を反《そ》った拍子に母がこちらに気づいた。

「今帰り？　もぉ、いるなら声かけなさいよ」

こっちに来るよう手招きしている。真歩は仕方なく母の元へと足を進めた。そして二人並んで歩き出した。でも、遅い歩調がじれったくてストレスに感じた。

昔はもっと速く歩けていたのに……。

そんなことを思いながら、俯きながら、母の隣をゆっくり歩いた。

「あんたって絶賛《ぜっさん》反抗期中よね。気づいてて声かけないなんて、ひどいじゃないのよ」

「別に反抗期じゃない。気づいてなかっただけ」

「そのむすっとした態度！　めちゃめちゃ反抗期じゃないのよ！」

「うるさいなぁ。大きな声出さないでよ」

「あらまぁ。親に向かって『うるさい』なんて言うようになったのね。お母さんは寂しいわ。それに近頃はまともに話もしてくれないし。昔は夜遅くまでいろんな話をしたじゃない。学校のこととか、好きな人のこととか色々。いい？　あんたが部屋に閉じこもってると、お母さんはネットの漫画にどんどん課金しちゃうのよ？　貧乏な女の子がイケメンのお金持ちに惚《ほ》れられる漫画。課金しすぎて、お母さんの方が貧乏になっちゃうわよ」

「勝手に課金すれば。ていうか、どの家もだいたいこんなもんだよ」

「人は人、うちはうち。あーあ、昔はたくさん甘えてくれたのにな」

「甘えてない」

「甘えてたじゃない。『お母さん、おんぶして』って」

ツキン……と、胸が少し痛んだ。

「お母さんのズボンをぐいぐい引っ張ってさ。あの頃は可愛《かわい》かったなぁ～」

「何年前の話よ。もう子供じゃないんだから」

「あはは、そっかそっか。もうすぐ高校生だもんね。卒業式の準備は順調？」

卒業式――。その言葉に、ごくりと息を呑《の》んだ。

「まさか真歩が卒業生代表だなんてね。もぉ、ちっとも教えてくれないんだもん。担任の先生に高校の入学金のことで電話しなかったら、お母さん、今も知らないままだったわよ。そういうことはちゃんと言いなさいよね」

「言うほどのことじゃない。たいしたことじゃないし」

「たいしたことよ！　ほんとにすごいわ。うん、偉い偉い」

「もぉ、頭撫《な》でるのやめて」

「ごめんごめん。怒らないでよ。挨拶はどんなこと言うの？」

「教えるわけないじゃん」

「そう言うと思った。まぁ、いいわ。当日の楽しみにしておく」

当日……か。真歩は下唇をぎゅっと噛《か》みしめた。

「ねぇ、仕事は？」

「仕事？」

「仕事、大丈夫なの？　ほら、卒業式、平日だから」

「あー、大丈夫大丈夫。もうお休みもらってるから。上司の、ほら、イケメンの真田《さなだ》さん。彼も『ぜひ行ってきてください！』って言ってくれてるしね。お母さんって口が達者《たっしゃ》でしょ？　そんなんだから、うちのコールセンターでは営業成績トップなのよ。だからこういうときは融通《ゆうずう》が利《き》くの。どう？　見直した？　どんなもんだい」

「どんなもんだいって……。おばさんっぽいからやめてよ。ていうか、無理しなくてもいいのに」

「無理なんてしてないわよ。娘の卒業式よ？　晴れの舞台よ？　そりゃあ行くに決まってるでしょ。なんとかバトルだっけ？　あれだってお母さん、全然知らなかったんだからね。みんなの前で堂々と話す真歩のこと見たかったのにさ。だから今度はしっかり見届けなくっちゃ。なんたって、真歩の門出《かどで》だもんね〜」

「だからぁ！　頭触らないでって言ってるじゃん！」

「ごめんって。つい昔の癖で。あーもう、先に行かないでよ！」

真歩は無視してずんずん進んでゆく。でも、ふっと足を止めた。

「ねぇ、お母さん」

心臓がいつになく大きな音を立てた。それでも拳《こぶし》を握って、振り向かぬまま呟《つぶや》いた。

「卒業式、来ないで……」

その瞬間、暮風《ぼふう》が二人の間を吹き抜けていった。

「なんか言った？　聞こえない」

伝わらなかった安堵《あんど》感が半分。残念な気持ちが半分。真歩は苦笑いで、ううんと首を左右に振ると、そのままくるりと踵を返した。

「なんでもない。先に帰ってお風呂入れておくよ」

新木家は多摩川の土手からほど近い五階建ての古いマンションの三階にある。真歩が五歳のときに両親が離婚して以来、ずっとこの場所に住んでいる。築年数はかなり経《た》っているようで、元々はクリーム色だった外壁《がいへき》も長年の風雨によってその色を変え、今では随分と黒ずんで見える。間取りは2ＬＤＫだ。八畳ほどの縦長のリビングと、母と真歩の部屋。二人で暮らすには過不足ない広さだった。

母は隣町の用賀《ようが》のコールセンターで営業の仕事をしている。勤続十年。雇用形態は正社員だ。とはいえ、近頃の不況の影響で給料は減っているようだ。手取りは月々二十万円程度らしい。裕福とは言えないが、真歩の父親からの養育費を含めれば、なんとか娘を私立の中学校に通わせることができる状況だ。

生活が大変なことは真歩自身も分かっている。本来であれば地元の公立中学に通うべきだったのだろう。東京から鎌倉まで通う交通費だけでも相当な金額なのだから。しかし真歩はどうしても東京から遠く離れたあの学校に通いたかった。そうすれば知られずに済むと思った。お母さんの足のことを誰にも……。

この日の夕食は母の手料理だ。とはいえ、毎日働きに出ているから日曜の夜に作り置きした料理をチンして食べるのが日課だった。だけど味噌汁《みそしる》だけはその日に作る。それが母のこだわりだ。

この日は真歩の好物のチキンの照り焼きだった。しかしなんだか味がしない。胸に積もった憂鬱《ゆううつ》が料理の味をかき消していた。一方の母は一人で陽気《ようき》に話をしている。いつも以上のテンションだ。目前に控えた卒業式が楽しみなのか、興奮気味に盛り上がっていた。そのことが真歩をより一層憂鬱にさせた。

「ねぇねぇ、水色のドレスあったでしょ？　ほら、前にばーちゃんに買ってもらったやつ。あれだと目立ちすぎちゃうかなぁ。さすがに母親の方が目立つのはダメだよね。ねぇ、聞いてる？　真歩の友達のお母さんってどんな感じの人？　いくつくらい？　お母さんと同じ四十代？　どんな服装で来るのかなぁ？」

「分かんないよ、そんなの」と真歩は素っ気なく答えた。

「あーあ、一回くらいは授業参観に行けばよかった。まったく、誰かさんが一度も教えてくれないんだもん」

授業参観は黙ってやり過ごすことができた。入学式だって運良く仕事を休めなかった。ビブリオバトルのことも秘密にしていた。三者面談だってリモートで済ませた。でも、卒業式は避けられそうにない。

真歩は母にバレないように、ため息を漏《も》らした。

卒業式、どうやったら来ないでくれるかな……。

本当の理由は言えない。絶対に言えない。言えばお母さんが傷ついてしまう。だからといってお母さんは鈍感《どんかん》だ。遠回しに言ったところで気づかないだろう。あ、そうだ！　学校内でコロナが発生して、保護者はみんな自宅からリモートで参加することになったたって言うのはどうだろう⁉　いや、でもな、だったらリモートのURLをよこせって言われるよな。そんな嘘、すぐにバレる。

時計の針は八時半を過ぎている。もうすぐ今日が終わろうとしている。急がないと。早く言わないと。今日か明日、お母さんに伝えないと。

お願いだから、卒業式に来ないで……って。

そのときだ——。間の抜けた調子で玄関のチャイムが鳴った。

こんな時間に誰だろう？　真歩はドアの方を見て、大きなその目をしばたたかせた。

リビングの扉を開けて廊下に出ると、あまりに寒くてびっくりした。両腕を擦りながら玄関へ向かう。ドアモニターなんて立派なものはない。真歩はつっかけに足を通して「はーい」とドアの向こうに声をかけた。でも変だ。反応がない。

なんだろう？　ちょっと怖い。怪しいぞ……。

目を細め、ドアスコープをそおっと覗いた——すると、

「え⁉」と思わず声を漏らした。そして気づけばドアを開けてしまっていた。

そこにいたのは、純也だった。

「志田君、どうしたの……？」

制服姿の彼は、オリーブ色のズボンのポケットに手を突っ込んだまま気まずそうに立っている。無言の二人の間にバイクの走行音がどこからか割り込むと、彼は「やっぱり……言いたくて……」と俯きがちに呟いた。

「言いたくて？　なにを？」

「今日、屋上で途中で終わっちゃったからさ。そのこと、今日中に言いたくて」

「それで、わざわざこんな遠くまで⁉」

純也はこくりと頷いた。

「で、でも、どうしてうちの住所を？」

「前に教えてもらったじゃん。去年、親戚んちからミカンを送ったとき。ＬＩＮＥに残ってたから、それを見て来たんだ」

うかつだった。まさか訪ねてくるだなんて……。

真歩はリビングに続くドアを見た。よかった、閉めておいて。でも早く離れた方がいい。お母さんが出てくる前に。

「ねぇ、外で話そ？」

「いいけど……。外寒いぞ？　上着、取ってきなよ」

「ううん、大丈夫。それより早く行こ？　近くに公園が――」

「真歩？」と母の声がした。

息が止まった。心臓を槍《やり》で貫《つらぬ》かれたような気分だ。

「誰が来たの？　大丈夫？」

ドアが音を立てて開いてゆく。その光景がスローモーションに思えた。

恐る恐る振り返ると、そこには、杖をついた母の姿があった。足を振りながら、不格好に、こちらへ向かって歩いてくる。母は真歩の後ろにいる純也のことを見て、

「あら？　その制服……お友達？」

真歩が再び純也に目を向けたとき、彼は母の足を見ていた。

自然に目が行ってしまったのだろう。

その表情は明らかに強《こわ》ばっていた。

真歩はそれを見逃さなかった。身体中の血の気が引いた。

「寒いから、どうぞ上がって」

母が純也に笑いかけると、彼は戸惑いながら「あの、俺……同じクラスの……」と自己紹介をはじめようとした。しかし真歩は「いいから！」と遮《さえぎ》った。普段の真歩からは想像できない剣幕《けんまく》だったのだろう。純也は驚きで肩を震わせていた。

真歩は「行こ！　志田君！」と純也の腕を強引に引っ張って外へ出た。

そして、ドアを閉める瞬間、母のことをきつく睨《にら》んだ。

無神経なお母さんにムカついていた。

だけど、すぐに絶句した。母の悲しそうな顔が見えたからだ。

鉄のドアがバタンと音を立てて閉まった。

母の悲しげな顔が、いつまでもいつまでも、真歩の脳裏《のうり》にこびりついていた。

家から五分ほど歩いたところに小さな公園がある。子供の頃、お母さんと一緒によく遊んでいた公園だ。普段は優しい太陽の光と子供たちの笑顔が溢れる場所なのだが、今はうら寂しい空気に包まれている。頼りない街灯に照らされた錆《さ》び付いたブランコに真歩と純也が並んで座っている。真歩が俯いたまま体重を後ろにかけると、座板《ざいた》が揺れて、ギィィと不吉な音を響かせた。一方の純也は落ち着きなく両手を擦り合わせている。真歩の様子を横目で何度も窺っていた。

「あのさ、新木」

彼が意を決したように口を開いた。

「話っていうのはさ、その……俺、新木のこと——」

「黙っていてほしいの」

「え？」

「お母さんのこと、誰にも言わないで」

「お母さんのこと？」

「さっき見たでしょ。うちのお母さんの足」

「う、うん……」

「お願い。誰にも言わないで。卒業しても、高等部に行ってからも、ずっと黙ってて」

純也は無言だ。川の方から迷い込んできた冷風《れいふう》が二人の間を吹きすぎてゆく。しかし真歩には寒さを感じる余裕などなかった。全身の筋肉が緊張で強ばっていた。

「分かったよ」と純也が呟く。その声に緊張はない。どこか悲しそうだ。

「間違ってたら悪いんだけどさ」

彼がおずおずと真歩に訊ねた。

「新木のお母さんが今まで一度も学校に来なかったのって、もしかして、新木が呼ばなかったから？」

どう答えたらいいか迷った。頷けばひどい人間だと思われる。かといって否定しても信じてもらえないだろう。だから顎《あご》だけで、小さく小さく頷いた。

「どうして？」

「どうしてって……そんなの見たら分かるじゃん……」

察しの悪い彼に苛立《いらだ》ち、奥歯をぐっと噛みしめた。

「うちのお母さんの歩き方、志田君も見たでしょ？」

「見たけど。でも――」

「顔に出してたよね」

「……え？」

「驚いてるの、顔に出してた」

「そりゃまぁ、ちょっとは驚いたけど……」

「みんなそう。お母さんの歩き方を見たら、びっくりして顔に出すの」

「俺は別にそんな！」

「わたしはその視線が嫌だった。昔からすごくすごく嫌だった。小学四年生のときにお母さんが病気になって、それからずっとその視線に耐えてきたの。すれ違う人がお母さんのことをチラチラ見るのも、街でお母さんがあの歩き方をするのも、その隣を歩くのも、ずっと嫌で嫌でたまらなかった。だから今の学校に通うことにしたの。家から一時間半もあれば、友達にお母さんを見られずに済むと思って」

「なら、明後日の卒業式は……」

「呼ばないつもり」

「いいのか？　せっかく卒業生代表で挨拶するのに」

「だから呼びたくないのよ。うちのお母さんって陽気で空気読めないから、わたしが舞台に立ったら絶対大きな声をあげちゃうもん。『頑張れー、真歩ー』とか言ってさ。そしたらみんなに注目される。それで思われちゃう。新木のお母さんって、足が悪くて杖をついているんだなって」

「そんなことないって」

「そんなことある。あるに決まってるよ」

彼は押し黙った。額《ひたい》を俯かせ、地面をゆく蟻《あり》たちを見ている。

「新木はさ――」

夜風に消えそうなほど小さな声で呟くと、純也はこちらに顔だけを向けた。

「自分のお母さんのこと、恥ずかしいって思ってるんだな……」

軽蔑《けいべつ》された。最低な人間だって思われた。そうに違いない。

耳が熱くなってゆく。たまらず両目をぎゅっと瞑《つむ》った。

でも、そのとおりだから仕方ない。それに――、

「分からないよ……」

ブランコのチェーンを握る手に強く強く力を込めた。

「志田君には分からない」

真歩は、純也に鋭い視線をぶつけた。

「普通のお母さんがいる志田君には、わたしの気持ちなんて絶対に分からないよ！」

「……そうだな」

純也は項垂《うなだ》れながら立ち上がると、地面に置いてあった濃紺の通学鞄《かばん》を取った。

「俺には分からないよ。新木の気持ちは……」

そして純也は背を丸めて去っていった。

一人きりになると、真歩は膝《ひざ》の上で手を震わせた。

志田君には絶対に分からない。わたしの気持ちなんて絶対。

軽蔑されたっていい。理解されなくたっていい。

わたしだってわたしが嫌いだ。大嫌いだ。

こんな最低な自分なんて……。

でも、怖いんだ。お母さんが卒業式に来たとき、みんながわたしに向けるであろう視線が。今まで嫌ってほど向けられてきたあの視線が。この先はじまる高校生活で、もしも同情されてしまったら。そう考えると怖いんだ。だからどうしても思っちゃう。

お母さんに、卒業式に来てほしくないって……。


自宅に帰ると、リビングには寄らずに玄関脇の自室へ逃げ込んだ。

なかなか帰ってこない娘を心配していたのだろう。母が「大丈夫？　真歩？」とドア越しに声をかけてきた。しかし真歩はその声を無視した。

「ねぇ、聞いてるの？　返事しなさい」

そう言ってドアをノックする。その音がうるさくて、鬱陶《うっとう》しくて、苛立った。

真歩は布団に潜《もぐ》って「なんでもない！」と涙声で叫んだ。

「泣いてるの？　なにかあったの!?」

「だからなんでもないって言ってるでしょ！」

「でも——」

「うるさい!!」

母はドアの向こうで言葉を失っている。

ダメだ……言っちゃダメ……。

でも、どうしても言葉が口から溢れてしまう。

そして、真歩は言ってしまった。

「誰のせいだと思ってるのよ!!」

言ってはいけない、ひと言を。

「お母さんが普通じゃないから、こんな思いしてるんでしょ!!」

わたしはわたしが嫌いだ。大嫌いだ。

お母さんのことを恥ずかしいって思ってしまう、こんな最低な自分が。

ちゃんと歩けていた頃のお母さんに戻ってほしいって思っている自分が。

軽蔑するほど、大嫌いだ……。

いつからだろう。お母さんのことを恥ずかしいって思うようになったのは。

お母さんの隣を顔を上げて歩けなくなったのは。

多分、小学五年生の頃だったと思う。足があんなふうになってから、お母さんは一度だけ授業参観に来たことがあった。

杖をつくお母さんのことを、廊下を真っ直ぐ歩けないお母さんのことを、クラスのみんながチラチラ見ていた。その視線にわたしは気づいた。

でも、だからって、それが原因でいじめられたわけじゃない。からかわれたこともない。それでも、一番仲の良かった同じクラスの女の子に言われたんだ。

真歩ちゃんのお母さんって、杖をついているんだね……って。

悪気なんてなかったと思う。なんの気なしに言った言葉だと思う。

だけど、ショックだった。

すごくすごく、辛かった。

真歩ちゃんのお母さんは普通じゃないんだねって、そう言われているような気がしたんだ。それからだ。わたしがお母さんのことを恥ずかしいと思うようになったのは。まだ三十八歳なのに杖をついて歩く姿も、足を振り回すようにして歩く不格好な姿も、真っ直ぐ歩けずよろめいてしまう姿も、なにもかもが恥ずかしいって思った。隣を歩きたくないって思ってしまった。

それ以来、お母さんと一緒に出かけることを避けるようになった。だって、街を歩くと人の視線ばかりが気になってしまうから。運動会にも来てほしくなかった。あんなに速かった保護者リレーにはきっともう出られない。そのことを痛感するのが嫌だった。それで決意したんだ。お母さんのことを誰も知らない遠くの学校に通おうって。

わたしは、お母さんのことを隠そうと思った……。

その日は結局、一睡《いっすい》もできなかった。太陽が昇りはじめた頃にベッドからゆるゆると抜け出すと、眠い目を擦って部屋を出た。母を起こさぬように息を殺して洗面所で顔を洗う。時刻は六時になろうとしている。昨日あんなことを言ってしまったから、顔を合わせづらかった。幸い母はまだ眠っているようだ。このまま着替えて学校へ行こう。あとで電車で『謝恩会の準備があるから、もう行くね』ってＬＩＮＥをしよう。

身支度を整えて玄関へ向かったが、空腹であることに気づいた。バナナくらいは持っていこう。ドアの隙間からリビングの様子を覗くと、「あれ？」と眉根を寄せた。母の部屋の襖《ふすま》が半分ほど開いている。寝息も聞こえない。恐る恐る部屋を覗くと、布団が綺麗に畳まれていた。出かけているみたいだ。でも、こんな時間にどこへ？

それでも好都合だと思って、バナナを手にしてローファーを履いて家を出た。

三月中旬の朝にしては、この日はやけに寒かった。マフラーを持ってくればよかったなと思いながら、住宅地を抜けて多摩川の土手の上に出る。朝日が水面を染める光景は、夕焼けのときとは異なり爽《さわ》やかで美しい。黄金色の川を泳いでいた水鳥が気持ちよさそうにその羽根を広げると、川面《かわも》にいくつもの水しぶきが立って陽光を浴びてキラキラと輝いた。だけど、ちっとも綺麗だとは思えなかった。昨日の暴言が胸の中で今もまだ木霊《こだま》していた。

——お母さんが普通じゃないから、こんな思いしてるんでしょ!!

わたし、なんてことを言っちゃったんだろう……。

俯かせていた顔をふと上げると、真歩は驚き、その足を止めた。

見慣れた背中がすぐそこにある——お母さんだ。

家にいないと思ったら、こんなところでなにをしているんだろう?

母は黒いジャージ上下といったラフな格好にメッシュの帽子を被っている。首にはタオルを巻き、いつものように杖をついて歩いている。

どうやら運動をしているようだ。でもなんで? 足が悪くなってから、運動なんてちっともしていなかったのに。

それに日課なのだろう。すれ違う人と「おはようございます。今日も早いですね」と声をかけ合って笑っていた。

お母さんは、わたしが起きる前にいつもこうして運動していたんだ。

でも不思議じゃないか。元々は登山が趣味のようなアクティブな人だったんだ。だけどわたしに言わないのはちょっと変だ。お母さんは、おしゃべりなのに……。

ううん、今はそんなのどうだっていい。気づかれる前に道を変えよう。

罪悪感に腕を引かれて、真歩は土手を下りて遠回りして駅へと急いだ。


登校時間がいつもより早いおかげで、駅で純也と会うことはなかった。

それでも教室で顔を合わせると、思わず視線を逸らしてしまう。彼は躊躇《ためら》いながらも近づいてくると「あのさ、新木。ちょっと話したいことがあるんだ」と声をかけてきた。だけど真歩は無視して卒業式の予行練習へと向かった。純也の顔をまともに見る勇気はなかった。

明日はいよいよ卒業式。流れは以下の通りだ。

開式の言葉が終わると、校歌斉唱、学事報告、卒業証書授与へと移る。それから校長先生の挨拶があって、来賓《らいひん》の祝辞、祝電の紹介、在校生の送辞と続く。そして真歩の挨拶だ。最後に『大地《だいち》讃頌《さんしょう》』を合唱して、閉会の言葉で式は終わる。

その流れを頭から通している間も、真歩の心は灰色の雲が覆《おお》っているかのように鬱々《うつうつ》としていた。さっきから何度も純也のことを盗み見てしまう。

このまま気まずい感じで卒業するつもり？　告白とかは置いておいて、志田君とは三年間ずっと仲良くしてきたんだ。昨日のことが原因で仲が悪くなるなんて、そんなのは嫌だ。でも――。

――新木はさ、自分のお母さんのこと、恥ずかしいって思ってるんだな……。

その言葉が胸を過《よぎ》って、どうしても声をかけることができなかった。

午後、謝恩会の準備もそこそこに、真歩は学校をあとにした。

帰ったらお母さんに卒業式のこと言わないとな……。

明日は来ないでほしいって、そう伝えるんだ。

でも、本当にいいの？

――卒業式よ？　晴れの舞台よ？　そりゃあ行くに決まってるでしょ。

お母さん、あんなに楽しみにしていたのに……。

それなら明日、式に呼ぶ？　ううん、そんな勇気なんてない。

意気地《いくじ》のない自分が、昨日よりもうんと大嫌いに思えた。


二子玉川駅に着くと、駅前の百貨店に立ち寄った。すぐには帰りたくなかった。メイクなんて全然しないが、若者向けのコスメのお店をいくつか覗いて時間を潰《つぶ》した。コンビニでミルクティを買って多摩川の河川敷までやってくると、グラウンドの近くのベンチに腰を下ろしてそれを飲んだ。グラウンドでは小学生のサッカー教室が催《もよお》されていて、子供たちが楽しそうにボールを追いかけている。その向こうの土手の上では学生たちが談笑しながら歩いている。本格的なロードバイクに乗った若者がなにかに追われるように大田区方面へ走ってゆく。そんな光景を眺めながら、真歩は今朝の母の姿を思い出していた。なんであんな朝早くに歩いていたんだろう……と思った。夕方になると風が冷たくなってきた。いよいよブレザーだけでは寒さを凌《しの》げそうにない。そろそろ帰ろう。帰って式のことをお母さんに言おう。真歩は重い足取りで家路についた。

玄関の扉を開けると、母はもう帰っていた。味噌汁の甘い香りが廊下まで漂《ただよ》っている。真歩はローファーを脱ぐと、深呼吸をしてリビングの扉を開けた。

「おかえりー」と母がいつもの調子で笑いかけてきた。エプロンをつけて味噌汁を作っている。「今日は、あんたの好きなジャガイモとタマネギの味噌汁だからね～」と言いながら鼻歌交じりにマドラーで味噌を溶かしている。その姿に真歩は驚いた。昨日の出来事が夢だったんじゃないかと思えるほど、母は普段どおりだった。

「早いね、今日」と真歩は恐る恐る声をかけた。

「そう？　いつもだいたいこの時間よ。謝恩会の準備は無事に終わった？」

今、言おう。機嫌が良さそうなこのタイミングで言ってしまおう。

「うん、まぁ。あのさ、お母さん……」

「ねぇ、真歩」と母が言葉を遮った。「ちょっとこれ、味見してみて」

そう言って、小皿に味噌汁を注《そそ》いでこちらへ向けた。調子を狂わされてしまった。真歩は味噌汁を啜《すす》って「まあまあ」と答えた。母は「まあまあ?」と片眉を上げて顔をしかめた。「美味《おい》しい」と訂正すると、「よし」と満足げに笑っていた。

「あのさ、お母さん……」

「あ、そうそう!」

「もぉ、なに? さっきから邪魔ばっかり」

「ごめん! 明日なんだけど、卒業式に行けなくなっちゃったの!」

「え……?」

「急遽《きゅうきょ》仕事になっちゃってさぁ。職場でコロナが出ちゃったのよ。どうしても人が足りないから出てくれないかって、イケメンの真田さんに頼まれちゃって。ほんとごめん! それで学校の先生に、卒業式の動画を撮ったらコピーしてほしいって頼んでおいてくれるかなぁ」

お母さん、仕事なんだ……。緊張が一気に解けて力が抜けた。

「分かった。頼んでみる」

思ったよりも声が明るくなってしまった。そのことに気づいて心が暗くなった。

わたし今、お母さんが来ないことを喜んでいる。

そんな自分が、なにより最低に思えて仕方ない。

卒業式当日、真歩は昨日と同じように朝早くに目を覚ました。

リビングを覗くと、母の気配は今日もなかった。きっとまた歩きに行っているんだ。

ノックをして母の部屋の襖を開けたが、やはり姿はなかった。

寝癖《ねぐせ》を手のひらで撫でつけながら、真歩はリビングの窓を全開にした。冷たい空気に身体を震わせベランダに出ると、その向こうに多摩川の土手が見える。太陽の光が目に眩《まぶ》しい。はっきりとした二重《ふたえ》の目を細めて川の方を凝視《ぎょうし》した。

やっぱりだ。お母さんは今日も土手の上を歩いていた。

それから三十分くらいすると、母は帰ってきた。「あら、もう起きてたの？」と額に汗を浮かべている。真歩は気になって「運動？」と訊ねてみた。

「まあね。最近太っちゃってさ。ダイエットしなきゃって思って。イケメンの真田さんに嫌われたくないからね」

そう言って、母は陽気に笑っていた。

朝ご飯を食べて制服に着替えると、いつもの時刻に家を出た。母もちょうど仕事に行く時間だったようで、通勤用のジャケットの袖《そで》に腕を通しながら「じゃあ駅まで一緒に行こうか」と声をかけてきた。

杖をつきながら階段を一歩一歩下りてゆく。いつ見ても階段は大変そうだ。土手の上に出ると、通勤途中の人々が母のことを追い抜いていった。真歩は俯きがちに母の半歩後ろを歩いていた。

「あんた、先に行きなさい。卒業式なのに遅刻したら大変でしょ？」

「うん」と真歩は曖昧に頷き、母を置いて歩を速めた。すると、

「真歩！」

「なに？」と振り返ると、母は一瞬真剣な顔をして、なにかを口にしようとした。でも、すぐに笑って、親指を立ててみせた。

「卒業生代表の挨拶、頑張って！」

その笑顔が眩しくて、真歩は思わず視線を逸らした。

そして、歩きながら思った。

本当にこれでよかったのかな……と。

でも、お母さんは仕事なんだ。どのみち式には来られなかったんだ。

自分に強く言い聞かせ、真歩は少し曇った空の下を急いだ。

江ノ電が学校の最寄り駅に到着すると、いつもとは違うルートで校舎へと向かった。

純也に会うのが気まずかったし、クラスメイトにも会いたくなかった。一人になりた

い気分だった。空には相変わらず雲が多く、太陽の光が届かない地上は寒い。これから卒業式だというのに、みんなの前で挨拶をするというのに、どうにも気分が重かった。さっきから俯いてばかりだ。別れ際のお母さんの笑顔を思い出してばかりだった。

百段階段に辿り着くと、生徒たちの姿はもうまばらだった。みんな一足先に上り切ってしまったようだ。その代わり、少し早く着いた保護者たちが息を切らして階段を上っている。その後ろ姿を見て、真歩はふと、子供の頃を思い出した。

「――お母さん、おんぶして」

母の足が悪くなってから、一度だけ、たった一度だけ、おんぶをせがんだことがある。あの土手を一緒に歩いているときのことだ。友達に「真歩ちゃんのお母さんって杖をついているんだね」と言われた言葉を引きずっていた。

足の悪い母にとって、おんぶはすごく大変なことだ。そのことは分かっている。でもわがままを言った。お母さんが変わってしまったとは思いたくなかったから。

突然おんぶをせがまれた母は、困り顔で「それはちょっと難しいかな」と笑った。それでもしつこく頼んだ。「お願い！　疲れたからおんぶして！」と。母はしばらく考え、決心すると「よし、分かった！」と真歩の前で腰を落とした。

しゃがむだけでも大変そうなのに、母は無理して背中を向けてくれた。

お母さん、おんぶできるかな……。真歩は不安になった。だけど、その一方で嬉しくもあった。またお母さんの背中に、特等席に戻ることができる。そう思うと心が躍《おど》った。そして真歩は恐る恐る身体を預けた。しかし、お母さんはバランスを崩してその場に倒れてしまった。地面に尻をついて「ごめんごめん」と苦笑いで謝っている。「やっぱり無理だね。真歩も大きくなったし、お母さんも足が悪くなっちゃったから、おんぶはもう卒業ね」

そのとき、真歩は痛感した。

わたしの特等席はなくなっちゃったんだ……と。

そんな過去を振り返りながら、ゆっくりと百段階段を上ってゆく。足取りは相変わらず重い。心は今日の空模様のような灰色に染まっていた。

お母さんは、わたしの憧れだった。

明るくて、笑顔が可愛くて、運動神経だってうんとよかった。お父さんがいなくても、わたしに寂しい思いをさせないように毎日毎日冗談を言って楽しませてくれた。山を軽々と登る姿が格好良かった。走るのだって速かった。そんなお母さんを見て、わたしはずっと思っていた。いつかお母さんみたいになりたいなって。

でもあの日、特等席を失ったとき、わたしは思った。

お母さんは変わっちゃったんだ……って。

今のお母さんじゃ、保護者リレーは走れない。

今のお母さんじゃ、山登りだってできやしない。

今のお母さんじゃ、わたしをおんぶすることはもうできない。

わたしが憧れていたお母さんは、もうどこにもいないんだ。

真歩はローファーの足を止め、長く長く続く階段を切なく見上げた。

今のお母さんじゃ、きっとこの階段は上れない……。


教室に着くと、誰もが落ち着かない様子だった。式はもう間もなくだ。中にはすでに涙を浮かべている子すらもいた。真歩はそんな同級生の姿を眺めながら、自席で一人、浮かない顔をしていた。後ろの席の友達が「挨拶、緊張してるんでしょ」とからかってきた。笑顔で返そうとしたが、どうにも上手く笑えなかった。

窓際の席の純也が立ち上がった。

その姿を目の端《はし》で見ていた真歩は慌てて目を伏せる。

彼はゆっくりと、クラスメイトの間を縫《ぬ》うようにして、こちらへと近づいてくる。そして真歩の席の前に立つと「なぁ、新木」と声をかけてきた。真歩は視線を合わすことができぬまま「なに？」とよそよそしく返事をした。

「話があるんだ。ちょっといいか？」

真歩は「ごめん、挨拶の練習するから」と机の中から原稿を出して目を落とした。

しかし純也は「少しでいいから」と食い下がった。クラスメイトたちがその姿を見て「おおー!!」「純也、頑張れー」と茶化してくる。すると、

「うるせぇよ!!」

純也が怒鳴《どな》った。教室は水を打ったように静かになった。いつも明るくて、心優しい志田君がこんなふうに怒鳴るだなんて。真歩は驚いて彼のことを見上げた。

「いいから来てくれ」と彼に腕を掴《つか》まれた。そして、強引に教室から連れ出された。

いつも以上に真剣な彼に、真歩は戸惑い、その手を引かれた。


「話ってなに?」

屋上までやってくると、この間のように少し離れて二人は立った。真歩は彼を見ることができないままだ。遠くの海に視線を逃がしている。一方の純也はこの間とは打って変わって、照れる様子もなく、強いまなざしをこちらへ向けている。

彼が一歩を踏み出す。そして、真歩の前に真っ直ぐ立った。

「新木に伝えておきたいことがあるんだ」

「伝えたいこと?」

告白だったらどうしよう……。真歩は少し気まずくなった。

しかし、違った。

「一昨日、新木の家に行った帰り道にさ、やっぱり謝ろうと思って俺、もう一度お前の家の方に戻ったんだ」

　意外な言葉に、真歩は「え……？」と彼に顔を向けた。

「そしたら、土手の上で新木のお母さんに会ってさ。びっくりしたよ。すごい急いでこっちに向かってきたから。新木がいなくなったのかと思って焦《あせ》ったよ。でも違った。新木のお母さん、俺のことを追いかけてきたんだ」

　お母さんが志田君を？　でもなんで？　いつのこと？

　もしかしたら、わたしが部屋に閉じこもっている間に？

「それでお母さん、俺に言ったんだ」

　彼は次の言葉を躊躇った。それでも、全身から勇気をかき集めるようにして大きく息を吸った。そして、真歩を見つめてこう言った。

「わたしのこと、学校の友達には言わないで……って」

　真歩はその目を見開いた。

「俺に頭を下げて、何度も何度も頼んだんだ」

　驚きのあまり唇に触れると、怖いくらいに震えていた。

「わたしは卒業式に行かないから、どうかみんなには秘密にしてほしいって」

　卒業式に行かない？　でもあの日はまだ仕事は休めていたはずだ。

それなのに、どうして？
一昨日の夜の時点で仕事に出ることが決まってたってこと？
違う。そんなの違う……。
理由はきっと、ひとつだけだ。
真歩の胸に熱いものがこみ上げた。
「言ってたよ。新木のお母さん」
お母さんは、きっと――、
「真歩に恥ずかしい思いをさせたくないからって」
わたしのために……。
涙の予感がまぶたの裏を熱くさせた。
お母さんは、最初からわたしの気持ちを知っていたんだ。
わたしがお母さんのことを恥ずかしいと思っていることに、
卒業式に来てほしくないって思っていることに、
ずっとずっと気づいていたんだ。
それであのとき、志田君と家を出るわたしの顔を見て決めたんだ。
あのひどい言葉を聞いて決心したんだ。
わたしのために、卒業式に出るのをやめようって……。

「本当はさ、俺にこの話をしたことも黙っていてほしいって頼まれていたんだ。だけど黙っていられなかったよ。新木には伝えるべきだと思ったんだ。だって――」

純也の声が微《かす》かに震えた。

「新木のお母さん、スゲー悲しそうだったから……」

お母さんは、そのとき、どんな気持ちだったんだろう。

どんな気持ちで、どんな顔で、志田君に言ったんだろう。

真歩に恥ずかしい思いをさせたくないから……って。

悲しかったはずだ。苦しかったはずだ。

本当の本当は、わたしの卒業式に来たかったはずなんだ。

それなのに……。

「なぁ、新木。俺もずっと黙っていたことを告白するよ。俺の母さんは、俺が小学生のときに病気で死んだんだ。だから新木の気持ちは俺には分からない。分かってやれない。でも俺は――」

純也は目に涙を浮かべて言った。

「俺は今日、母さんに卒業式に来てほしかったよ」

真歩は彼の顔を見上げた。

「どんな姿でも、生きて、俺の晴れ姿を見てほしかった」

その頬に、涙が一筋《ひとすじ》そっと伝った。

「俺、思うんだ。理想通りの親なんてきっとどこにもいないって。どんな親にも良いところも悪いところも必ずあって、腹が立つこととか、がっかりすることだってあると思う。世間の奴らは、親ガチャ外れたとか言ったりしてるけど、でもさ、生きていれば、いつか分かり合うことだってできるよ。今はあんまり好きになれなくても、いつか好きになることだって、認めることだって、きっとできる。だから――」

純也は真歩の手を強く握った。

「だから頑張れ、新木」

「……志田君」

「お母さんのことを、世の中の奴らの目を、どう思うかはお前次第だ」

お母さんをどう思うかは、わたし次第。

お母さんに向けるみんなの視線をどう思うかも、わたし次第。

どうする？って志田君は問いかけているんだ。

わたしはずっとこれからも、お母さんを恥ずかしいって思って生きてゆくの？

わたしのお母さんは外れだって、そう思って生きてゆくつもりなの？

本当に本当に、それでいいと思っているの……？

卒業式がはじまった。卒業生が一列になって体育館に入ってくる。その胸には真っ赤な薔薇《ばら》のリボンが誇らしげに輝いている。保護者たち、教師たち、在校生たちから割れんばかりの拍手が送られると、誰もが照れくさそうにはにかんでいた。その中に浮かない顔の真歩がいる。心がどこかへ行ってしまったような気分だ。開式の言葉も、校歌斉唱も、学事報告も、卒業証書の授与も、ずっと心ここにあらずだった。さっきから考えるのはお母さんのことばかりだ。

「――卒業生代表の言葉。三年C組、新木真歩」

司会の先生に呼ばれて我に返った。気づくのが遅かったようで、みんながこちらに注目している。真歩は慌てて舞台へ向かった。そしてマイクの前で原稿を広げた。

視線の先にはたくさんの卒業生がいる。在校生たちがいる。そしてその奥では保護者たちが笑顔で座っている。

でも、そこにお母さんの姿はない。

この会場のどこを探してもいなかった。

真歩は保護者席の空席を見た。

もしも、あそこにお母さんがいたら――。

涙で滲《にじ》む保護者席に、お母さんの姿が見えた気がした。

お母さんは、どんな顔をしていたのかな……。

きっと、すごくすごく喜んでくれたに違いない。

笑って「頑張れ！　真歩！」って声をかけてくれたに違いない。

ずっと楽しみにしてくれていたんだ。わたしが卒業生代表の挨拶をすることを。

見たかったはずなんだ。わたしの晴れの姿を。

それなのに、わたしは……。

無言で俯く真歩を見て、生徒や保護者たちがざわめき出す。司会の先生が「新木？」と声をかけてきた。真歩は震える声でスピーチをはじめた。

「晴れ渡るこの素晴らしい日に、わたしたちは卒業をすることができます」

しかし、そこまで言うと言葉に詰まった。

「でも——」

その目から、涙がぶわっと溢れた。

「わたしは、お母さんをここに呼びませんでした……」

原稿に落ちたいくつもの涙が、書かれた文字を滲ませる。

「恥ずかしくて……来てほしくないって、そう思ってしまいました……」

涙が止まらない。それでも必死に言葉を紡いだ。

「わたしのお母さんは——」

お母さん、ごめんなさい。

恥ずかしいって思って、

変わっちゃったって思って、

お母さんことをみんなに隠して、

本当に本当に、本当に、ごめんなさい。

「わたしのお母さんは、足が悪くて上手く歩くことができません。わたしはそのことをずっと隠してきました。みんなにバレたくなくて、恥ずかしいって思って、お母さんのことを秘密にしてきました。わたしはひどい人間です。最低な人間です。だから、みんなの代表で挨拶をする資格なんてありません。でも……だけど……」

涙が溢れて視界が晴れると、純也の顔がはっきり見えた。

彼は頷いてくれている。頑張れって言ってくれている。

「やっぱり、わたしは……」

真歩は涙を拭《ぬぐ》って顔を上げた。

「お母さんに、わたしの晴れ姿を見てほしいです」

そして、真歩は走り出した。思い切り床を蹴って、舞台を下りると体育館から飛び出した。上履きのまま校庭を突っ切り、百段階段をジャンプするようにして下った。

長い長い階段を精一杯駆け下りながら、肩で息をしながら、真歩は思い出した。

その胸の中で、思い出していた。

お母さんと山登りをしたときのことを。
保護者リレーで誰より速かったことを。
あの土手を一緒に歩いたときのことを。
つないだ手が温かかったことを。優しかったことを。
あの大きくて、うんと広い、世界で一番の特等席を。
そして、歩くことが難しくなったお母さんのことを。
一歩一歩、一生懸命、みんなに追い抜かれても頑張って歩いていた後ろ姿を。
思春期になった真歩にブツブツ文句を言いながらも笑っていたことを。
仕事が大変なのにお味噌汁だけは毎日必ず作ってくれていたことを。
無理して私立の学校に通わせてくれたことを。
あんたの好きなようにしなさいって応援してくれたことを。
授業参観に呼ばなかったことを。
それでも一度も怒らなかったことを。
卒業式に送り出してくれたときの笑顔を。
真歩は思い出さずにはいられなかった。
そして、息を切らして、そのまま電車に飛び乗った。

家に着いたのはそれから一時間半後のことだ。正午よりも少し前のリビングには柔らかな日差しが届いている。真歩は母の姿を探した。しかしどこにもいない。出かけているようだ。駅から全速力で走ってきたから呼吸が苦しくて何度も咳き込んだ。それでも真歩は母の行く先を必死に考えた。

本当に仕事に行ってしまったのだろうか？　それとも買い物？　ううん、違う。

レースのカーテンと窓を開くと、その向こうには多摩川の土手がある。

そこを歩く姿を見つけた。母はこの日もジャージ姿で歩いていた。

その姿を見て、真歩はようやく理解した。

どうして今まで気づかなかったんだろう。

お母さんが毎朝歩いていた理由に……。

お母さんはきっと――。

真歩はスニーカーに履き替え、母のいる土手へと向かった。

「――お母さん！」

杖をついて歩いていた母が振り返った。帽子を取って、すごくすごく驚いている。

「どうしたのあんた！　卒業式はもう終わったの!?」

そう言って、不格好な足取りでこちらへ急いでやってきた。

母は真歩の顔を見て、異変に気づいたようだ。

「どうかしたの？」

「………………」

「真歩？」

「お母さん……」

「なあに」と母は微笑んだ。

「わたしのためなんでしょ……？」

「え？」

「わたしのために、毎朝歩いていたんでしょ？」

お母さんの顔から笑みが消えた。

「いつかまた……わたしをおんぶするために……毎日毎日歩いていたんでしょ？」

お母さんは真歩の心中を察したようだ。うんと優しく笑ってくれた。

「ねぇ、真歩」

そして、その手でそっと、頬を撫でてくれた。

「ちゃんと歩けないお母さんでごめんね」

そんなことない……。

真歩は何度も何度も首を振った。その拍子に涙が飛び散り宙を舞った。

だけど、泣いてしまったのは悲しいからだけじゃない。変わっていなかったからだ。

お母さんの手が、昔とちっとも変わっていなかったから。

優しくて、すごくすごく、温かい手だった。

お母さんの笑顔は、ずっとずっと、一緒だった。

わたしが勝手に思っていただけなんだ。

お母さんは変わっちゃったって……。

でも違う。お母さんは変わってない。

昔からちっとも変わってなんかいなかったんだ。だって——。

「でもね、お母さんは諦めないから！」

そう言って、母は爽やかに笑った。

「いつかまた、あんたのことをおんぶする。山登りだってする。何年かかるか分からないけど、まだまだ卒業なんてしないよ。そう決めたの。そのために足腰鍛えなきゃ」

お母さんは変わってなんかいない。

変わらないように闘っているんだ。

わたしのために……。

わたしの特等席であり続けるために……。

ずっとずっと、一生懸命、歩いていたんだ。

「お母さん……」

涙を混じらせ、必死に言葉を絞り出した。

「ずっとずっと、ごめんなさい」

謝った途端、涙が止まらなくなった。

真歩は子供のように両目をしゃにむに擦って泣き出した。

「お母さんのこと……ずっとずっと恥ずかしいって思って、ごめんなさい……」

母はなにも言わずに頭を撫でてくれている。

頭を左右に振って、そんなことないよって言ってくれている。

「でも、わたし……やっぱりお母さんに見てほしくて……卒業式……だから……」

真歩は涙を拭うと母の顔を真っ直ぐ見た。そして、

「わたしと一緒に学校に来てほしいの」


真歩は鎌倉に戻ってきた。その隣には母がいる。ちょっと不思議な気分だった。ドキドキしていた。だけどその反面、すごく嬉しいとも思った。だって、

「へぇ～、ここが真歩の学校の駅なんだ～」

だって、お母さんが嬉しそうだから。

「もぉ、大きい声出さないでよ。恥ずかしぃ」

「いいじゃない。ようやく来ることができたんだから。まったく、あんたはずーっと

反抗期なんだから」

「反抗期じゃない。あと、そのドレスの色も恥ずかしいよ」

母は派手な水色のドレスを着ている。前におばあちゃんにもらったものだ。この間まで「母親の方が目立つのはダメだよね」って言っていたくせに。

「ちょっとここで待ってて。タクシー呼んでくる」

だけど、どうしよう。この辺りはタクシーなんて走っていない。そう思っていると、

「どうせだったら歩こうよ」と母が真歩を引き留めた。

「でも坂だよ？　それに階段も」

「歩きたいのよ。日頃の特訓の成果、あんたに見せたいから」

白い歯を見せて笑う姿に、真歩も釣られて微笑んでいた。

それから親子はゆっくりと、一歩一歩、坂を上って丘の上の学校を目指した。

母は杖をつきながら一生懸命歩いている。真歩はその隣に並んで歩いた。時折、街の人とすれ違ったが、その視線を気にすることはもうなかった。お母さんと一緒にくだらないことを話しながら、笑い合いながら、ゆっくりと坂を上っていった。

式はとっくに終わっている時間だ。謝恩会も終わっている。でももしかしたら名残《なごり》惜しくて居残っていた生徒たちが坂を下りてくるかもしれない。

それでも構わない。真歩は顔を上げて堂々と歩いた。

弱い自分から、ダメな自分から、今日で卒業しようと思った。

百段階段の下まで着くと、母は容赦《ようしゃ》ないその光景を見て頬を引きつらせていた。

それでも覚悟を決めたようで一歩を踏み出す。真歩は母が転ばないように、背中を支えるようにして、その後ろに続いた。なんだか昔に戻ったみたいだ。小さい頃、一緒に山登りをしていたときのことを思い出した。あの頃はお母さんが後ろでわたしを支えてくれた。でも今は違う。今度はわたしがお母さんのことを支えるんだ。

「ねぇ、どうしてお母さんが山登りをはじめたか、話したことあったっけ？」

母が荒い息づかいの中で訊ねてきた。

真歩は「ううん」と短く答えた。

「お父さんと離婚してから、あんたあんまり笑わなくなっちゃってね。まだ五歳だったからね。きっと寂しかったのね。外でも遊ばなくなっちゃってさ。こりゃあ困ったぞって思って、いろんなところへ連れていったのよ。でもあんたってば、遊園地も、水族館も、動物園も、ちっとも楽しそうじゃないんだもん。だけど、山登りは違った。うんと楽しそうにしてくれた。それでね、お母さんに言ってくれたんだ」

母は昔を懐かしむようにして、目を細めて微笑んだ。

「山を登ってるお母さん、すごくすごく格好良いよって」

あの頃、お母さんはすごく格好良かった。すごくすごく素敵だった。

「その言葉が嬉しくてさ。よぉし、だったらもっと格好良くなってやろうって、そう思ったのよ。それでどんどん登るようになったたってわけ。真歩にもっと言ってほしかったから。お母さん、格好良いよって」

照れくさかったから、心の中でそっと伝えた。

お母さん……。今も格好良いよ。

こうして一生懸命階段を上る姿、すごくすごく素敵だよ。

お母さんは変わってなんかいなかったね。笑顔も、手の優しさも、いつも一生懸命なところも、ちっとも変わっていなかったんだね。だからわたしも変わらないよ。

今も、ずっと、これからも、お母さんはわたしの憧れだよ……。

ようやく半分を過ぎた辺りで一休みすることにした。母と並んで石段に腰を下ろしていると、ソメイヨシノがこの間よりもうんと花開いていることに気づいた。その愛らしさに、親子は顔を見合わせ微笑んだ。

「真歩、ちょっとそこに立ってみて」

戸惑いつつも、言われるがままその場に立つと、母は桜を背にした娘を見つめて、うんうんと満足そうに何度も頷いた。

「なに？　なんなの？」

「ありがとね、真歩」

「え？」

「名前の通り、自分の人生を真っ直ぐ歩ける、素敵な子に育ってくれて」

真歩は「やめてよ、そういうの恥ずかしい」と口を尖らせた。

でも、嬉しかった。だけど、まだまだだって思った。

これからだ。これからもっともっと真っ直ぐ歩こう。お母さんのことも、自分の人生も、恥じることなく生きられる人になりたい。親が、人生が、当たりか外れかを決めるのはわたし次第だ。これからの生き方次第だ。それと、もうひとつ――。

「よし、行こう。あとちょっとだ。足が痛いけど頑張って上っちゃおう」

「足痛いの？　大丈夫？」

「平気平気。大丈夫よ」

「あのさ、お母さん」

真歩は照れながらも素直に伝えた。

「おんぶ、しようか？」

「えぇ!?　あんたが!?　無理無理！　絶対無理よ！　だってお母さん重いもん！　最近また太ったし、絶対無理だって！」

「もぉ、なんでそういうこと言うの！　せっかくやる気になったのに！　じゃあもうしない！　二度と言わない！」

「うそうそ！　やっぱりして！　ね、お願い！　無理ならすぐに下ろしていいから！」

「最初から素直にそう言えばいいのに……」

真歩はむぅっと唇を突き出して、母に背中を向けて腰を下ろした。

お母さんが体重を預けてくれる。

それと、もうひとつ――。

これから少しずつでも返してゆきたい。

今までの感謝とか、ありがとうの気持ちを。

今度はわたしが、お母さんの特等席になりたいな……。

お母さんは思ったよりも、かなり、相当、めちゃくちゃ重かった。だけど格好をつけたからには弱音は吐けない。真歩は懸命に踏ん張って、一歩一歩、階段を上った。

「大丈夫？」と母は背中で心配そうだ。

「黙ってて！」

「無理しないでよ？」

「だから黙ってて！」

お母さんはくつくつ笑った。でもそれは、からかうよう笑い方じゃない。

嬉しいんだ。喜んでくれているんだ。

その証拠に、首に回した腕にぎゅっと力が籠《こ》もった。

そして、桜の花びらが舞い散る中、耳元でそっと囁《ささや》いてくれた。

「大人になったね、真歩……」

その声が、その言葉が、真歩はうんと嬉しかった。

結局、十段くらいしか背負うことができなかった。だけどお母さんは「十分すぎるくらいよ」って褒めてくれた。そして最後は親子で並んで石段を上り切った。

百段目に足をかけて、笑って喜びを分かち合うと、母と娘は踵を返した。そこから見える湘南の海は西日を浴びて宝石色に輝いている。風は優しく、あれだけ曇っていた空はいつの間にか晴れ渡っていた。清々しい天色《あま》をどこまでも爽やかに湛《たた》えている。なんて素敵な春空なんだろう。まさに卒業式日和《びより》だ。

「おーい！　新木！」

純也の声が聞こえた。振り返ると、彼が校庭の向こうで手を振っている。ここに来る途中にスマートフォンで連絡しておいたのだ。『お母さんと学校へ行くことにしたの。それで、志田君にいっこお願いがあるの』って。

純也の手には大きな看板がある。『卒業証書授与式』の看板だ。

彼は真歩の願いを叶えるために、先生からこの看板を借りてきたのだった。そして卒業証書が入った筒も持っていた。真歩が置いていったものだ。

看板を大きな桜の木に立てかける。準備万端だ。

真歩の願い、それは——。

「お母さん、一緒に写真撮ってほしい。卒業の記念写真」

真歩はお母さんと隣り合わせで並び立った。ちょっと照れながら卒業証書を広げてると、母は白い歯を見せて拍手を送ってくれた。

純也がスマートフォンをこちらへ向ける。

「真歩——」

その声に目を向けると、真歩は一等嬉しくなった。

お母さんが、幸せそうに微笑んでいる。

そして、心を込めて言ってくれた。

「卒業おめでとう！」

真歩も幸せで微笑んだ。

そして、心を込めて母に伝えた。

「ありがとう、お母さん」

薄紅色の桜の花が親子の笑顔を鮮やかに染めると、シャッターの音が春の空に美しく響き渡った。

この物語はフィクションです。実在の人物、団体等とは一切関係がありません。

宇山佳佑先生　加賀美真也先生　稲井田そう先生　蒼山皆水先生　雨先生へのファンレターのあて先
〒104-0031　東京都中央区京橋1-3-1　八重洲口大栄ビル7F
スターツ出版（株）書籍編集部 気付

卒業
君がくれた言葉

2023年2月28日　初版第１刷発行

著　者　宇山佳佑　©Keisuke Uyama 2023　加賀美真也　©Shinya Kagami 2023
稲井田そう　©Sou Inaida 2023　蒼山皆水　©Minami Aoyama 2023
雨　©Ame 2023
発 行 人　菊地修一
デザイン　カバー　長﨑綾（next door design）
フォーマット　西村弘美
発 行 所　スターツ出版株式会社
〒104-0031
東京都中央区京橋1-3-1　八重洲口大栄ビル7F
出版マーケティンググループ　TEL 03-6202-0386
（ご注文等に関するお問い合わせ）
URL　https://starts-pub.jp/
印 刷 所　大日本印刷株式会社

Printed in Japan

ISBN　978-4-8137-1398-2　C0193